我長在打開的樹洞

程廷——著

APYANG IMIQ

目次

009 推薦序 學習成為太魯閣族人的喜悅 畢恆達
013 推薦序 他是否將其稱為日常生活 馬翊航

耕吧天光

023 種回那個時代

029 瀟灑的傻
035 下山的山蘇
041 Biyi——彼憶
049 我的工作項目裡沒有「大家說」
055 翻土的聲音
063 咖哩火雞
073 Sungut——樹豆
079 家的流速，回家或離家的沒語季

去哪裡？·去上面

089 Tminum Yaku・編織・我
099 不只要土地，要竹子，還要有人
107 打獵，第一晚
113 Ulay——二子山溫泉
121 Yayung Qicing——清水溪
127 Takaday——巨人的腳印
135 Alang Skadang——砂卡噹部落
143 部落水公司

149 你那填滿Bhring的槍射向我

支亞干大道

159 我的Amiq大姊大
165 哀家攻投
171 梅花
183 Bubu的愛情
191 1號
197 Tumiq的黃瓜山

203 Iyang的工寮
209 愛的豬肉轉圈圈
215 告白河壩

推薦序

學習成為太魯閣族人的喜悅

畢恆達

我認識他的時候，他叫程廷，臺大城鄉所的研究生，科技部阿魯巴研究計畫的助理。他有著深邃的雙眼，俊秀的臉龐，體重五十五公斤，像是偶像劇走出來的人物（我說的）。他現在叫做Apyang Imiq，是七十五公斤的野蠻大叔（他自己說的），但是帥氣依舊（我們的共識）。畢業多年，陸續在媒體上看到他散文一再得獎的新聞，他的允文允武讓人敬佩不已。

Apyang從小生長於部落，卻不曾真正親近過土地，因此缺少學習傳統技藝與記憶的機會，曾經以為山羌就是小鹿斑比。長大後在台北混跡十年，離族人身分越來越遠。後來，毅然返鄉，重新成為一個太魯閣族的學習者。他在這本書中所描述的是我很陌生的世界，閱讀的過程中，不斷為之心動。返鄉之旅，對他而言自然存有記錄延續族人歷史文化的野心與職志，但我看到的更多是他的好奇、喜悅與滿足。

首先他從族語學起。小學的時候，在學校講族語，是要掛狗牌的，失去了與父母用族語交談的環境。成人之後，重新累積字彙，向耆老請益。有一次和哥哥起衝突，從客廳打到前庭，兩人互相咆哮指責對方的不是。雖然言語尖酸又惡毒，但是脫口而出的是太魯閣語，讓他有深深的滿足感。我在美國留學時，有次夢境中竟然講英語，大概是類似的感受。

然後他學著流汗、除草、砍竹子、搭工寮、牽水管、打獵、殺豬，生活中處處是驚奇。只要人在山林之中，就暢快淋漓。即使只是使用拔釘器，看到滿滿堆高的釘子也有滿滿的成就感。使用砂輪機，看到飛濺的火光和被截飛的鐵釘，也讓人目眩神迷。原來在烈日下認真做事，用雙手完成一件事情，黏膩的汗水和濕透的上衣，是多麼令人快意。他瘋狂地替每一株穗拍下照片，根本拍愛人時的模樣。他追著飛鼠，在滿是石頭的河谷裡奔跑，速度卻像在操場跑百米，相信祖先留下的血液一直在身上不曾離開。

在學習成為太魯閣族人的喜悅中，他也感嘆農作物種植不得不遷就於快速變動的市場。曾經要艱辛行走的路，修整成貨車可以開的路，移動便捷了，山上的人卻變少了。他也感嘆某些年輕人的失意潦倒，借酒澆愁。

基本上，他自己的生命態度是豁達而自在的。他的書寫帶著點距離，舉重若輕。六十多公斤的山豬背在肩上，在肩膀肉上壓出一條暗紅色。身體沉重，心靈卻是輕快的。他也不忘和肩上的山豬一起自拍，山豬的舌頭下垂搖擺，就像跟他一起開心地笑。他說他和刀子都太愛殺豬了。然後，他這樣看挨打。有次，三兄弟只顧著玩，也不知何時手中紙片飛出掌心。大人質問，兩個哥哥眉來眼去，同時指著他，讓他享受了一次旋轉馬車（這是怎樣的毒打？）。事後，哥倆說，一個人挨打總比三個人一起挨打好。他又是這樣描寫他舅舅的死。舅舅失戀，酩酊大醉後，在水溝中洗澡，洗到忘了爬起來，提早上山種地瓜。

這本書記錄了一個年輕原住民返鄉的心路歷程，讀者可以藉之體驗山林的生活，如何順著水勢渡河、如何去抓站立在樹枝上酣睡的雞隻、如何除草種植砍竹打獵、如何處理因著性傾向而引來的族人疑慮。最重要的是，Apyang的文章真是好看。看看他怎麼描寫火雞就知道了。大公雞的眼神囂張跋扈，母雞的眼神裡盡是溫柔，然而正在孵蛋的母雞眼神可怕，人走到哪裡，她們瞪到哪裡。雞被抓到的時候，用叫聲用身體痙攣來抵抗你，火雞則是用「沒有靈魂的眼睛看著你，一副此生已無缺憾任你擺布的樣子」，人心反而癱軟無計可施。生動的畫面躍然紙上。

整本書結束在「我們在一起吧！」，給人好甜美的感覺。

推薦序

他是否將其稱為日常生活

馬翊航

日常非常嚴格

還在《幼獅文藝》工作時，我曾向Apyang邀約寫作專欄。後來他將專欄名稱傳來，叫做「嚴格來說這是日常生活」。我瞬間充滿期待想像，「日常生活」感覺是打開理論與行動的開關，但更好奇的是，怎樣算是「嚴格來說」？後來我逐漸理解，他的日常生活可能是先對自己嚴格，再決定怎麼樣來說。他說自己是最用力的太魯閣族，「不是零就是一百……不允許不上不下的中間狀態。」選擇從外地返回支亞干的他，恰恰符合外界對返鄉青年的想像：深耕、傳承、有機、共創。但閱讀《我長在打開的樹洞》時，也不免驚覺，日常難免與挫折相伴，生活也會嚴格對他。關於部落生活的細膩描繪，我們或曾受惠於白茲．牟固那那（伐依絲．牟固那那）的《親愛的Ak'i，請您不要生氣》。她寫家園、勞動如〈我家的一段河〉、〈蜂的記憶〉，流露令人驚嘆的記憶細節，也有舊土故人不再的惆悵。當Apyang細寫身體作物、汗水血水、水勢地勢，也灌注更多的熱情（他寫到很多次、很多種「喜歡」）、來自族語邏輯內外的觸動、部落中言語與行動的力道，就地長出了新身體。但開篇〈種回那個時代〉中「此路不通」的標示，也展開他眼前的障礙賽：土地是空間，但土地也需要時間去種下未來，抗拒流失。

Apyang在〈Alang Skadang——砂卡噹部落〉裡，提到一本他喜歡的學位論文，是陳永亮的《「下星期記得回來！」：太魯閣族山上部落居民的生活描述與田野調查省思》。陳永亮記錄部落山居者的日常勞動，舒緩中含藏緊張的筆觸、不動聲色的焦灼，多少顯露對外來者身分的斟酌遲疑。他形容自己的論文工作，彷彿八〇年代的小精靈電玩遊戲：「他必須注意閃躲，並完成將所有小點咀嚼乾淨的任務，然後進入另一個更複雜更蜿蜒的圖形路徑，繼續做著唯一、重複的工作：移動、躲避、蒐集、咀嚼、蒐集。」Apyang雖身在部落內部，但筆下你我他的故事也不乏挫折：反覆評價、母語傷痕、部落遷移、經濟困境……生活的重複與例行，是我們對日常感到焦慮（或視而不見）的原因之一，Apyang的寫作既然大量建立於日常材料，可想見田間瑣務、生活碎片之干擾。但挫折並非一次（或一種）問題，他的熱情也不是為了克服某種任務。在閱讀他新鮮明快的文章時，我們也必須小心不去陷入，「他的日常」與「我的日常」大不相同（或全無不同）的陷阱：前者奇觀，後者麻木。

土在水旁邊，人在語言中間

他說不允許「不上不下」，畢竟是針對自己。但書中各種「中間狀態」，不妨視為感受其寫作引力的線索。跟他一起生長的除了作物，還有種種的「線」。〈梅花〉裡有一個領域觀念明確、愛打小孩的Meyhua阿姨，「Ayus是邊界，同時也是手掌上指紋的意思，每個人的指紋都長得不一樣，每個人的Ayus也不同，惱人的是，我們都必須熟悉這個巨大部落裡每一個人的Ayus，以免誤踩地雷。」邊界也使人關切各色位移，書中如〈部落水公司〉的訊息遞送、紙本信賴，〈下山的山蘇〉的植物政治、經濟地景，〈翻土的聲音〉中勞動與記憶的不等價交換，都帶出了垂直水平的豐富移動。務農是動用身體與語言，他從Qnbabaw（疏苗）這個字的動作與意涵，收穫了小米的感情與意義。但他也被語言動用，〈我的工作項目裡沒有「大家說」〉裡面有始料未及的部落指導，「你的地不止是你的地，也是每個駐足並留下評語，那些話說不完的族人的地。」但並非抱怨部落之人多嘴雜、一傳眾咻，就像〈咖哩火雞〉的「Kari」是說話與聊天，人群用Kari咖哩搭工寮，用Kari咖哩養雞鴨，他更在意語言的拋接、交換、縫合，在意「為什麼每個人的說話，總是那麼有力量。」當他氣急敗壞與哥哥以太魯閣語吵架，彷彿無意之間終於靠近了童年的族語學霸Amiq，「像鬼魂一樣」帶他進出兩個語言的世界。關於「母語不說不行」的危機感、資格論、腹地說，在〈我的Amiq大姊大〉裡，有了另一種回顧與進出。

「不說」是「說」的相反嗎？聽起來多餘，但這本書中諸多「不說」（靜默、疑問、思考、觀察、行動），其實也是被「說」（定義、指導、交談、釋出機會、拒絕）所造堤、引流。「不言而喻」、「要說不說」的中間狀態，可能根植於熟悉的工作節奏，「Biyi蓋了一段時間，我倆的身體形成一種默契，不需言語就能把梁柱架上。」但有時也意味關係的潰堤與溢流。〈家的流速，回家或離家的沒語季〉一文，表面上延續他在〈Tminum Yaku‧編織‧我〉中「個人身體」與「出櫃風波」交纏出的危機與生機，但這篇文章選擇（或流向）一個聯合「手工」與「自然」的情感波形。消化不良的對話，家庭不願接受的事實，讓出櫃的人選擇靜音、出逃。與父親、與母親的雙邊「對話」，都對應了「說」的匱乏與再流動。與母親的簡訊是心痛之餘，還叮囑記得拿鍋碗瓢盆；與父親去雞寮修水管，記憶與現下浮浮沉沉，血在水中游，湧起泡沫：「我沒有開口問他痛嗎？我們習慣工作受的小傷口不足掛齒……沒有說我站在他的上方是想幫他擋擁擠的水波。」他的「不說」與「做」，不僅是身體力行與含蓄情感的品格，也是「自然而然」與「事在人為」的混合——另一種中間狀態。

「喜歡不就做出來的嗎？」我被這句話打動，而這句話出自本書最後一篇〈告白河壩〉。他在前面也曾經提到「做」，包括在部落訪談老人家、上山打獵，都是：「『做』是抽象也是具體的概念，做的本質是流汗，搭工寮、牽水管、爬山背獵物，身體五官在流汗的過程中被放大，那種文字和書本不曾給的體驗，像刀子在心中刻下凹槽。」但喜歡怎麼做？人會喜歡「做出來」的喜歡嗎？（我是喜歡，但我不確定自己是不是例外。）

我曾經寫過一篇Apyang的專訪，也叫〈打開的樹洞〉。當時他說他想寫性，寫出部落裡豐富的性。到他自己的《我長在打開的樹洞》，性就發芽出土。〈告白河壩〉裡眼裡愛人的臀部、乳頭、眼睛，奔向跑道終點，讓他微微站起來，「這不就是喜歡！」的那種喜歡——這麼霸氣的含藏與熱情，誰不會為之興奮？在親愛的支亞干他無所不愛，殺雞、殺豬、種菜、母語、打獵、蓋雞寮、聽故事。若喜歡是做出來的，我想將其部分理解成，喜歡就不能為之不動。這本書裡面有一個值得深深理解的詞彙

「Bhring」：「Bhring是獵人的靈力，是人與祖靈交雜的風，彼此獨立卻又與他人接壤，兩個人的風一起捲動，相斥就把獵物吹走，交融則把獵物捲進竹簍裡。」在〈你那填滿Bhring的槍射向我〉裡，他懷疑男性兄長恐懼同志的心理，是否擾亂了與他之間的Bhring？文章最後長長的，想遞給獵人舅舅的心內音，也許留在引號中；也許會因為真的喜歡山，真的去做，Bhring又能重新交融。到了〈告白河壩〉裡，Bhring成為情人之間的旋風，獵人與獵物，獵人與戀人的關係也被重新改寫換位。

當初訪問Apyang的時候是通電話，他正開車要載情人與狗到海邊吃早餐。我一手藍筆速記，耳機裡流去當時收納不下的聲音（呼叫情人、小狗，讓通訊稍微折曲的海風），以及沒有聲音的收納（鵝卵石、早餐味、狗的腳、他看他的眼睛）。我偷聽到的也許就是他們的Bhring？「愛情充斥支亞干，河水懂得吞噬，河水不會排除。」愛也許不要求完全現形，但有其身體與呼嘯。Apyang《我長在打開的樹洞》做出來的衝動、祕密、力量，無疑是這個似動又靜的時代，最排山倒海的情書。

耕吧天光

Qmpah，是太魯閣語農耕及土地上所有勞動之意，
讀起來像耕吧，天光是客家話破曉及天空，
兩個詞組合，是我和室友共同從事農耕的代名詞，
我們一起耕吧天光，早起去田裡工作，去田裡相愛。

種回那個時代

Tama[1]第一次帶我去看它是在一個冷冽的天氣，我穿上厚外套和棉褲，騎著光陽125載著Tama，從我們支亞干[2]部落第五組的大馬路轉往林榮里，再彎進一條小路，路口掛了告示牌寫「此路不通」，告示牌上的圖示是一條橫線加一條直線，橫線是紅色，特別粗，特別顯眼，深怕你忘記即將走到柏油路的盡頭，即將喪失現代社會的基礎設施。我們騎進去，再一個急陡坡下降，Tama用手掌輕壓我的腰，示意放慢速度，眼前一片新天地。

這裡位於支亞干部落的邊界，一側相鄰的土地已是鳳林鎮林榮里，又因位於河階地的下方且緊鄰溪流，溪流兩側原有鄉公所建造的堤防，長年缺乏維護後，龐大的水

1 太魯閣語，父親。
2 支亞干，音譯自太魯閣語Ciyakang，有深邃的河谷之意，是花蓮縣萬榮鄉西林村的部落名稱。

泥連續體上滿是芒草和銀合歡，若沒有穿越此路不通進來，很難注意到這片平坦的土地。這裡像一座祕密花園，除了偶爾會來鄰田的Baki[3]和走錯路又掉頭回去的騎士，就只剩下動物、風和水流聲了。

我們家尚有另外幾塊土地在溪流的對岸，Tama說以前沒有這條此路不通，Baki都是從對面涉溪過來。Tama說過許多Baki從前的故事，話語都是片斷又破碎，但每一次我滿足地聽，嘗試拼湊成完整圖像，就像在馬路上撿到上學時一枝枝掉的鉛筆，慢慢收進鉛筆盒。

後來發現自己不是喜歡聽Baki的故事，是對過往來不及參與的生活充斥強大的好奇心，「**你們沒有趕上那個時代！**」Tama這樣下結論。Baki很早過世，我沒機會聽他說話，那些引領我去揭開過往景象的路徑，除了幾張泛黃照片和Tama說過的話，現在還有我們家圍繞著清水溪流域的幾塊土地，有山上有山下，有樹林有平林，還有滿是石頭的「此路不通」。

我不記得Tama說過Baki曾經種過小米和紅藜，或是在眾多土地中，他到底在哪一塊種下小米，只是小米好似一種回憶及拼湊土地的形象存在著。我們都知道過去Baki

和Payi[4]那個年代吃小米，但打從出生以來，從沒親眼在部落中見到一株活著的小米，它像虛幻的神怪傳奇，曾經遍及支亞干，現在卻僅在老人家的話語中不斷咀嚼回味。

「**那就種吧！**」我告訴自己，種回那個時代。

二〇一六年的春天，我帶著黑狗Mimi一起去田裡，確定要種小米，我開始除草，拔草時專注地用手指頭把草從土壤中拉起，有些草根稀疏單薄，有些卻茂密交錯，單手拔不起來，還得雙手用力往天空抽，拔出來扒住一團土球，連帶響起清脆的斷裂聲，我喜歡緩慢地感受身體在工作時產生的細微觸動，好像整個世界只有自己和此路不通，我們一起平靜地生活，一起面對天空發出微笑。

在田裡的許多時刻，像一種累積而非消耗，當然這些奇妙的體悟並不是馬上擁有，它在漫長的腰痠背痛和摸索中逐漸立體，它不爛漫，根本現實到不行。

我翻一小塊土，挖溝作畦，這片長和寬不到五公尺的面積，數度做到斷氣，我用

3　太魯閣語，男性耆老，後面接人名，就是××阿公的意思。
4　太魯閣語，女性耆老，後面接其姓名。

大鋤頭鬆土，每挖一下就翻出比頭顱還巨大的石頭。鋤頭敲在石頭上產生激烈的震盪，震到整隻手發麻，彎下腰把它們搬到旁邊再繼續反覆動作。我一直以為只有在操場上參加百米賽跑後，才會有那種大口喘氣、無法呼吸的感覺。我納悶Baki他們以前到底怎麼耕種，這兩分地，還有對岸那幾塊，好像銀河般龐大，石頭從土壤中滿出來。

好不容易整完，到了播種又開始猶豫不決，有人說已經可以播，有人說天氣太冷小米會縮起來，我一直等到大部分的人都把種子播下去才動手。播種那天，我和弟弟及哥哥一起把土弄鬆，聽老人家說的話，種子混一些土進去再撒播，以免長得太密集。幾天後，小米從土壤裡冒出可愛的頭，先是三、四株，再來一團、兩團，最後整塊滿布小米苗，像極了一片精采的韓國草坪。

很多人說小米不能種太密，每一株都必須有適當的距離才能長得好，我一個好兄弟說，小時候看Payi種小米，每一株拉得很長，浮誇地張開肥胖的雙手：「這……樣……長……」好像嘲諷我根本想殺死小米。

於是我開始疏苗。疏苗叫「Qnbabaw」，老人家說這個字的時候，手由上往下，做出抓的動作，像在模仿雞爪，也好像抓娃娃機那隻怪手，緩慢地從天而降，謹慎選擇該抓哪隻可愛娃娃。

Babaw是上面的意思，加了字首qn就變成從上面抓。我慢慢地「從上面抓」，多殘酷的字，心痛地拔掉看起來長得比較不健康，或是在心中想好那一株必須留下來，旁邊全部移除。那些被殺死的小米，被我從上面抓起來跟雜草一樣，根鬚離開土壤時，發出震撼的斷裂聲——「咚」，每發出一聲，心就痛一下，在心裡說對不起，不捨好不容易得到的小米種，不捨他們才剛努力地從黑色的土壤中長出來。

從上面抓的工程進行了好幾次，小米還只有一、兩片葉子的時候很脆弱，移植了很難長大，疏苗要趁下小雨或土壤濕漉，若遇上大太陽，很容易乾死。小米小的時候長得很像雜草，我從錯誤中學習，小米的身體圓潤，雜草的身體扁平，單用眼睛無法正確分辨，非得用手摸出飽滿的感覺才確定是小米；小米的顏色較為青翠，不像雜草深邃得駭人。小米長到膝蓋高以前還搶不過雜草的野蠻，所以除草工作不間斷，經驗被記憶在痠痛的腰間，難忘地留在冰冷的春天和偶爾探出的暖陽中。

五月，小米冒出穗。老人家說：「Mhru ka hiyi na da.」，他的身體長出來了。我好喜歡這句話，好像穗才是真正的身體。那時候我瘋狂地替每一株穗拍下照片，根本我拍愛人時的模樣，一張張裁剪調色加濾鏡，小心翼翼地儲存在電腦D槽。不到一個月，穗從嫩黃轉為厚實的褐黃，外殼從柔軟變成堅硬，猶豫不決又起，待其他人都收才敢收。

春季長出來的小米全留做種子，滿心期待有一天自己能把此路不通這兩分地種滿小米，我太喜歡他們長在支亞干，喜歡那份把傳說故事化為現實生活的踏實感，採收的那天替自己錄一段影片，影片中有小米桿直的莖，從青嫩轉為深邃的綠葉，隨風搖動的身體，還有我的聲音：「種回那個時代」。

瀟灑的傻

我在支亞干有一個很喜歡的Payi，嚴格來說不算我們的Lutut[1]，雖然部落裡大家的姓名和血緣連一連總能牽起來，但真正的Kingal Rudan[2]系統裡，她不算在這範圍裡。因為家裡沒有老人家可以問，從種Masu（小米）開始，我常去叨擾她。

Payi回憶小時候看過她的母親種過，也跟著我種，我強調不灑除草劑和化肥，Payi輕蔑地笑了笑，搬出遠久的回憶，老人家的確沒用外來的東西，作物照樣長得好。我暗自幻想是不是勾起她美好的記憶，也許能說服她一起投入愛護土地的行列。

「該灑還是要灑，該加還是要加，現在蟲那麼多，你種東西是給蟲吃喔？」

1 太魯閣族語，親戚。親屬關係中，凡是血親或姻親可以連接起來的人都稱為Lutut。
2 太魯閣的家族關係中，父系直系血親為家族的主要核心，當這個所有成員可以溯源自同一個祖先時，稱為Kingal Rudan，部落裡的人會說：「真正的親戚」。

Payi抱持實踐家精神，在田裡開闢兩個區塊，一區的小米沒有灑除草劑和化肥，一區的小米則是按照慣例；半年後鐵一般的事實呈現在眼前，依循常規有加料的慣習農法長得比較好，她再次輕蔑地說：「**你自己用眼睛看吧！**」

持續叨擾她好幾次後，我越來越不想在她面前提起「騙人的有機做法」。她強調你就是被外面的Teywan[3]騙了，以前要我們灑藥加化肥的是Teywan，現在要我們做有機愛土地的又是Teywan。

我請Payi來田裡，她走進走出不到五分鐘，「**我真的看不懂你在種什麼，哪一個是雜草，哪一個是小米，我眼睛都痛了。**」一直以為務農會被長輩激賞，好一個認真努力學習傳統文化的Laqi（小孩），哪怕是一句話，我都會感動得像廣告上喝了保力達或蠻牛的工人，再一次幹勁十足。

「**自己想清楚啦！**」Payi最後留下這句，我聽起來像等著血要放乾的雞，我就是那隻即將入鍋的雞。

部落裡有另一個我很喜歡的Baki，他種了許多傳統作物，全長在支亞干半山腰的田區，紅藜、小米、高粱、薏苡、油桐樹、樹豆、桂竹等，每一次開花結果，他就要我帶相機去拍。我猜他只是喜歡分享種好種滿的成就感，畢竟眼下部落裡種傳統作物的只屬小眾，大家偏好能換更多新台幣的山蘇、生薑或玉米，因此他從不跟我要拍完的相片，只是想要有人能一起聊天，談論這些珍貴的作物。在這個部落裡，我們都是少數會欣賞傳統之美的異類。

有天我在門口整理農具，Baki騎機車經過，停下來和我寒暄，很快地他收起微笑的嘴巴，眼神頓時凝重，右手搭著我的肩膀：「我跟你說一個事情」，我放下正在整理的割草機，立正挺直，雙眼直視，「你說……」

「你還是要灑除草劑，雜草那麼多，我看你的作物長得好辛苦。」

我的理智和部落倫理突然斷裂，平常我應該要像一般的Laqi，婉轉的，帶點欣然受教的態度輕輕地回應好好好，就算是敷衍，嘴巴也必須溫順。「我不灑藥。」偏偏

3 太魯閣語的漢人泛稱為Teywan，準確的意思為閩南人。

我斬釘截鐵，像披了一層厚厚的山豬毛皮。「按照你自己啦！」Baki的機車聲消失在馬路尾端，我愣在原地眼淚快流出。

「按照你自己啦！」

「你自己想清楚啦！」

「……」

三年前我回來支亞干工作，一年前正式從農，過去務農從不出現在我的未來志願選項中，在學校的教育及家人的期待下，做農是條不被鼓勵的險徑，即使農業一直是部落主要的經濟產業，長輩們卻不希望小孩跟著走這條辛苦路。

偶然的機會我愛上了這份與土地相處的工作，同時希望土地永續利用，選擇友善的方式種植，雖然身邊不乏支持的親友，但那些我欣賞及學習的老人家，到現在都無法認同我的務農方式。

看著他們茁壯的作物，再回頭看自己田裡好幾次失敗的經驗，我的「返鄉」糾結於部落的說話中，掙扎於新台幣什麼時候才會連本帶利地進入戶頭，出現漂亮的數字，讓我買下朝思暮想的小貨車。

即使那都會是「過程」，真正走起來卻一點都不輕鬆。

下山的山蘇

Bi~yi~ Brayaw Bi~yi~ Sruhing…

（姑婆芋和山蘇搭建的獵寮……）

古調的開頭是這樣唱，曲調耳熟能詳，部落裡朗朗上口，接續後面的歌詞有太多的變換，我總是記不清楚：

「給我小心一點，我是太魯閣族的勇士……」

「山上所有的獵物都是我們太魯閣族的……」

Sruhing（山蘇）是支亞干主要的地景之一，平地、山坡地、台地，俯拾即是。但事實上，山蘇過去對我來說，一直沒有好印象，我心中的山蘇總是危機四伏。

碩士期間，為了撰寫論文，四處訪談部落長輩，他們談及一座位於山蘇田裡的游泳池。日本政府在現今部落的第一鄰興建番童教育所，旁邊設置大型水泥泳池，泳池的水同時灌溉下方的水稻田，這些在文獻及訪談聽到的故事令我興奮不已。

某個夏天，我和小弟一起尋找那座老人家口中，不會游泳就不能畢業的泳池。詢問附近的大哥，確定位置後，闖進那片檳榔山蘇田。檳榔整齊列植遮蔽天空，山蘇鋪滿剩餘的空地，我們在夾縫中緩緩前進。才瞥見泳池幾秒，一大群蜜蜂飛出來咬我們，百米賽跑後小弟被螫兩包，咬牙切齒不喊痛。

山蘇田裡總是謠傳各種危險事跡，農夫採摘嫩葉時被毒蛇咬，利齒穿透雨鞋，送榮民醫院或慈濟醫院打血清。於是，對我來說，山蘇田加上夏天等於危險或者冒險。

那天，我們好像古調裡的太魯閣族勇士，歷經一番冒險只為看一眼那座灰白色的游泳池。

山蘇為什麼都遷徙下山了？過去Brayaw（姑婆芋）和山蘇都是山林裡常見的植物，它們因為張狂的外形及入山的行獵文化，成為特殊的山林符碼，青綠色的長型葉片，重複交疊，築構山上人的手作基地，蹲踞深邃綠色底下的獵人，注視著獵物，那樣的畫面，多麼帥氣。

當代上山「巡邏」已有別於古調中的歌詞，我們很少再看到姑婆芋和山蘇搭建的獵寮，再多麼簡易，也至少有藍白相間的帆布遮風避雨。有趣的是，現在姑婆芋仍舊留在山上，山蘇卻集體遷徙下山了。

大約二十年前，山蘇搖身一變，成為多數太魯閣族部落規畫種植的產業作物。我的Baki還活著的時候，曾經在山上種滿山蘇，依照他的說法，那個時候日本人來花蓮遊玩，無意間在山產店吃到山蘇，驚為天人，吸引大批觀光客前來。在店家與中盤商的遊說下，部落開始大量推廣種植。

山蘇原來僅是入山行獵時打打牙祭的野菜，而非常見的餐桌主菜，卻突然落入部落的換種系統，起先老人們上山採山蘇苗，經過一批批的栽培管理，再由家族與部落間不斷交換繁衍。光是在支亞干，就有高達三十甲以上的山蘇田。

山蘇的栽培管理相對容易，初期控制雜草的生長，等到葉片伸張開來覆蓋地表，幾乎不需再使用除草劑。山蘇吃肥量不高，兩個月灑一次肥料，花費成本相對低。再來就是環境，多雨潮濕的近山部落很適合山蘇，尤其我們的原保地大部分是山坡地，受限於水土保持管理辦法、現代農業技術及青壯年流失等客觀條件，許多土地都被安置於林務局規畫的造林補助政策，種植一棵棵筆直樹木，這些環境條件讓山蘇得以填塞在回收成本緩慢的造林地，形成特殊的「部落式林下經濟」。

此外，部落裡的山蘇產業保有過去的換工制度，過去部落人的生活同質性高，造就許多共作機會，家族性的換工特別明顯，今天整個家族幫這個家庭翻土，過幾天輪到下一個家庭，稱為Snbarux（換工）和Sntuku（還工）。進入現代社會後，生活逐漸多樣化，換工的景象鮮少可見。但因為山蘇大量栽種，Snbarux和Sntuku重新回到部落，生產出各種「山蘇班」，農人們將有限的勞力集合起來，共同進行勞務的分配達到有效的種植。

務農初期，曾經也想種山蘇，但在了解山蘇產業生態後，骨子叛逆的我打消這個念頭。山蘇雖然是目前看起來最適宜部落的經濟作物，但後端的收購與銷售全仰賴外界，價格隨著冷季、熱季及市場而變動，天冷的時候產量豐沃，價格隨之降低，天熱的時候產量降低，價格隨之攀升。

此外，花蓮北、中區許多部落與社區均種植山蘇，銷售端卻僅仰賴十根手指頭數得完的中盤商，農人即使清楚收購價格遠低於市場賣出價格，卻仍舊配合演出，時間到了把山蘇安裝在箱子裡，擺放在門口等著老闆開著貨車搬走。如此看來，種植端保有部落的傳統性，銷售端卻落入了現實的新台幣市場機制。

回溯姑婆芋和山蘇之歌以及接續各版歌詞：

Bi~yi~ Brayaw Bi~yi~ Sruhing…

（姑婆芋和山蘇搭建的獵寮……）

「給我小心一點，我是太魯閣族的勇士……」

「山上所有的獵物都是我們太魯閣族的……」

「不要惹我……」

我曾經看過另外一種說法，這首歌是女性在諷刺男性能力不足，只能蓋出用姑婆芋和山蘇葉做成的簡陋房子，遮風避雨都可憐。某次，跟附近的阿姨聊天，好奇她怎麼烹調，「**我沒有吃過山蘇，山蘇是拿來賣的。**」她冷冷回覆我。再次去造訪，她說身體老了，心臟越發肥大，一個人種不下去，山蘇田讓給其他人經營。

馬克思「異化」的特性在於原來自然附屬或協調的兩物，最後導致分離與矛盾，山蘇在古調裡作為太魯閣族英勇的山林印記，或是揶揄一個人生活能力的強弱，現在的山蘇，卻看似與傳統悖離。當然傳統會隨著社會不斷轉變，如因為山蘇的栽種延續發展的換種系統及換工制度，但也許我更期待山蘇依舊如過往，盤據在樹枝上，有自己的高度，有自己的故事，有自己的權力。

Biyi——彼憶

三年前的這個時候，Tama說想要養雞，我找Pawan大哥幫忙，他體貼地把荒廢二十年的Biyi（工寮）給我，條件是自己拆，自己運。

這個雞寮位於Takaday[1]，支亞干部落上方的一個台地。Pawan說梁柱是很香的Hinoki（檜木），但其實我聞不到香味……我花了兩個禮拜把雞寮拆光光，Tama來Takday看我一次，安靜地坐著喝飲料聊天然後下山。運送材料的那一天，我坐在Pawan的貨車後面，黑夜好涼，雨鞋隨著震盪的Takday山路到支亞干大道，再到平林水圳旁好滿足。

材料全部運到水圳旁的田地後，本來Pawan幫我選定位置，量好水平和尺寸，要

1 支亞干地名，太魯閣語稱高台、平台的意思。原為日語高台之意，地名由族人沿用。

我動手挖土埋柱子。Tama看了看，硬是將位置移了五十公尺，尺寸也比原來的大兩倍，並補充強調這些木頭不是Hinoki，但也是很好的木頭了。

我跟Tama一起立了三根柱子時，滿臉疑惑。他不用米尺，索性拿一旁的木頭丈量，發現柱子的長度不一樣，就說沒關係，那就整個方位再偏移一些。柱子埋下後輕微晃動，Tama說沒關係，下過雨後土壤會硬，柱子就能更堅固，我數度懷疑我的Tama真的會蓋Biyi嗎？

隔一段時間，我沒辦法到田裡幫Tama，他已經立了六根柱子，我再幫忙他把九根柱子全部立完。又過沒多久，他把一面牆搭起來，半面浪板屋頂也釘得差不多。我訝異Tama的速度，還有那些搖搖欲墜的柱子，竟然爬得上去鎖浪板。

我要他教我鎖，釘子不能全部壓進屋頂，太深會漏水，Tama驕傲地說之後再用「速力控」封住就完美。時不時他說腳沒有力，但又幾乎沒停止地一直做，偶爾他讓我動手，但大部分都是他動手，我輔助。我多希望他出一張嘴，讓我自己來。

Biyi蓋了一段時間，我倆的身體形成一種默契，不需言語就能把梁柱架上，浪板鎖上，牆板前後固定。長長的時間，盡是鳥叫聲和水溝的流水聲，耳邊一句：「這邊扶好！」、「換我挖洞！」、「螺絲起子！」，已是一個小時後。

三年後的現在，因為執行文化部計畫，訪談部落裡很多工寮地主，小時候的記憶紛紛走回來。長輩們說的話，和我身體的經歷，黏補片斷的事物，梳理Biyi的圖像。

小的時候，我們家有兩間Biyi，一間在後院，一間在隔壁。

後院那間是外公Buru和Tama蓋的，木頭和竹子拼湊四面牆及屋頂，入口低矮，走進去像鑽進深邃黑洞。白天只有母雞在裡面孵蛋，手慢慢伸過去，毛皮豎起來，再近一點，嘴喙像閃電打來，在手上啄出結實的「Tuq」音，趕緊收回，卻又留戀那種刺激好玩的感覺，來來回回重複，直到Tama臭罵才停止。

那間讓我掛念的工寮，並非建築本身，而是圍繞建築的寬敞空地，那是二哥和我，還有雞鴨鵝的遊樂場。

空地好像沒有邊界，唯一一邊就是我們的房子，其餘三邊，是雜木和石牆，石頭堆成的石牆叫Qdrux，年代不詳，多半由Baki那一輩的老人堆疊。以前我們支亞干的土地均如此，老人用雙手把石頭一塊塊疊起來，在山上和山下畫線，整理出樓梯地形的台階，畫出家族領域。

平坦的泥土點綴雞鴨鵝的屎，綠色、白色、黃色，像畫圖紙上的水彩漬。奇怪那時候的屎似乎不臭，不然我們怎麼一天到晚賴在那。二哥和我追著雞鴨跑，給小鴨取名，額頭一個黑點的、翅膀一小片褐色的、體型最胖的……太陽快落下時，一隻隻晚點名。

Biyi旁有一個水管的出水口，一年四季在噴水。水從山的那一邊來，水管蔓延數公里。Baki他們自己上山接水，Tama說以前都用竹子一條條接起來，後來用水管，雖然比較耐用，卻容易堵塞。水全部流進一個不深的坑，鴨子在戲水，雙腳滑動，泥土混攪，用脖子沾水，一百八十度迴轉，摩擦背後的身體。二哥和我洗澡時相互模仿，哈哈哈笑不停。

另外一個Biyi是隔壁親戚的老屋，我始終計算不出來，隔壁Payi和Tama的血怎麼連起來，只知道我們同姓，反正是Lutut。她的土地上有兩棟房子，一前一後，前面那間，日台混合式，柳杉木或檜木梁柱、雨淋板牆壁、灰色瓦片屋頂；後面那間，傳統太魯閣式，筆筒樹柱子、桂竹剖半一前一後咬住，當作牆壁和屋頂。

Payi蓋了前面的Sapah（家屋）後，後面的Sapah正式變成Biyi。

Sapah和Biyi，家屋和工寮，都是人為施造後形成的建築空間，形式上難以判斷，當代有些工寮蓋得比家屋還現代又豪華，電視、冷氣、冰箱和沙發，若中華電信肯上山鋪設纜線，肯定網路也接起來。因此，族人依照空間的共居關係來定義，家人一起生活的地方叫Sapah，Biyi則是上山打獵，或務農工作休憩、飼養豬雞的場所。

Payi過世後，我們順理成章使用她的Biyi。

隔壁的那間Biyi總是在起火，炙熱的火焰不間斷燃燒，白煙從竹牆縫中滲出來，梁柱烘烤成黑炭色。以前曾聽一個魯凱族的大哥，描述他們的石板家屋是「會呼吸的房子」，那時候沒意會，現在回想起來，原來自己從小就跟著房子一起呼吸了。

Biyi的裡面，有三塊石頭，立在地上，靠在牆邊，烤火煮飯的火爐，族語叫Rqda。上方吊著一塊用竹子綑綁成的橫板，叫做Gigan。Rqda煮竹筒飯、香蕉飯、大鍋湯或烤肉，上面Gigan燻山產。

平時煮飯我們用家裡的廚房，但要處理傳統食材，就一定到隔壁的Biyi。竹筒飯和香蕉飯需要用火慢慢煮，瓦斯桶太淺太燒錢，而且柴燒的香味沉浸食物，帶一種香甜。

很有趣，在家裡的廚房吃飯，Tama要我們安分地像阿兵哥坐著吃，手肘不能靠桌上，夾菜只允許夾前面，大人吃一口菜小朋友才能動筷。偏偏在隔壁的Biyi，所有規矩全部砍掉。

我們不規則地圍著火爐，又坐又躺，糯米飯用手抓，捏一捏，米飯變得稍微緊實，再拿一片肉，一起塞進嘴巴嚼。火燒得皮膚泛紅，偶爾濃煙隨著突然聚集的風吹到眼睛刺痛，身體挪個位置繼續吃，繼續聊，飯吃完了，話聊乾了，火還沒燒完。

某次，不慎的大火燒掉隔壁的Biyi，消防車來了，我隔一段距離看屋子在火中燒，竹子劈里啪啦在跳舞。又過了不久，Tama決定重建房子，新房子占地龐大，兩層樓水泥洋房，後院的Biyi沒空間了。雞鴨鵝吃不完的分送親戚，建材拆掉放火燒，連同小鴨的名字扔進火裡，怎麼樣都想不起來。

Biyi像是農業生活的具體象徵，是人與人、人與土地的連結。農人的日常時間大量地累積在農地，辛勤地勞動流下汗水後，讓自己在農地裡舒適地休憩，成為一件重要的事。

此外，家族的凝聚往往也在Biyi中不斷實踐，從建造時相互幫忙，到動土前或完工後的Powda儀式[2]，宰殺公雞或豬，獻給祖靈祈求平安，保佑農地上的族人工作順利，甚至是圍著火爐煮傳統食材，一起聊天喝酒，都加速個人參與這個家族地方的角色。

前幾天，跟著舅舅上山，我們騎著機車雙載上林道，柏油路坑坑巴巴，輪胎壓過，身體跟著跳動。沿路上幾間工寮，我問他這是誰的，那是誰的，他像打算盤一樣，一一唱名給我聽。三百六十度旋轉的地方，老人家也會命名，最鄰近誰的Biyi或是農地，就稱呼「Baku＋人名」（日語的倒退＋太魯閣族人名）。

「其實以前山裡很熱鬧，有很多的Biyi，大家走路上山，看到Biyi有人就過去聊天吃東西，一路上吃吃喝喝，現在有些老人死掉了，孩子沒有上來工作，Biyi就被雜草吃掉了。」

2 Powda為通過之意，指殺牲獻祭的儀式，藉由生物通往祖靈，與祖靈溝通祈求保佑。

我們的Biyi現在有二十幾隻雞、七隻大白鵝和二隻鴨，每天我繼續和Tama沉默地進出Biyi，我過去的時候，看到裝滿玉米粒和野菜的飼料桶，就稍微整理環境後回去；他過去的時候，看到我已經餵好雞，會先去砍一些牧草和鬼針草，或是把佛手瓜刮成絲，等隔天我拿去餵。

我們依舊沉默，但心裡都知道這間Biyi是我們共通的汗水，最溫暖的那一塊。

我的工作項目裡沒有「大家說」

「你種什麼？」

全副武裝的美花阿姨從山裡來，頭罩口罩肩罩三位一體，紅色格子防護網，套住整顆頭顱、整張臉龐和厚重的雙肩，我的視線所及之處均無肌膚從縫隙露出，袖套封閉手臂，長褲收攏雙腿，雨鞋和襪子外內兩層關住雙腳，唯一開放觀賞的是美花阿姨那雙深邃的雙眼，和止不住的高音。

山裡工作的農人都這般裝束，好像沙漠游擊隊，趕著太陽昇到頭頂前，完成任務回家領賞金。

我習慣前一天晚上，坐在書桌前，白紙上寫下明日工作：背族語單字、餵雞、砍草、拉線、播種、載飼料、寫日記……工作項目大致劃分為早上和下午，內容和時間隨季節變動。春秋農忙期，工作時間早上五點到十點，下午二點到五點，夏天隨工作內容調整時間，曬玉米、小米和紅藜就晚點起床，太早濕氣重，脫殼在室內，不受陽光和溫度干擾，冬天陽光一般不強，七點做到十一點還沒能感受熱度，其他瑣碎的和喜歡的事情完整一日生活。

晚上睡覺前，一個項目一個項目檢視，完成就用力畫上一條橫線，未完成就打叉，每天給自己評分，然後繼續出試題，日復一日輪迴，誰叫我是最用力的太魯閣族。

「這要種紅豆啊。」

幾天前在村辦公室參加會議時，許久不見的Payi張開雙手抱我，我也開心地摟腰回應她的身體。

Payi問我最近做什麼工作。「一樣在種田啊！」，Payi露出驚訝的表情。這個羞赧的答案在剛開始務農時，每次遇到，總令我尷尬得不知該用什麼態度和語氣。

「一樣在鄉公所啊。」「一樣在衛生室啊。」「一樣在國小代課啊。」……這樣回答多麼正常多麼美好，高知識分子理應走的路。

先別管這些Payi，我現在要種紅豆了，地請鍾大哥翻好，等曬幾天，雜草乾一些就播種。

「**紅豆……不是現在這個時間種呢！**」眼見為憑，親身經歷是老人們的價值判斷與生活依歸，Payi肯定在某個春天種過紅豆且收成不錯。我懶得解釋栽培技術文章上，紅豆春天種植，季節濕熱變換容易影響產量，秋天播種，天氣穩定，等待開花結果期，正好進入溫度上升的冬春交際，雨水不多，豆莢不易掉落或腐爛。

「**我去年也是這個時間播種，種得很好呢。**」看我回應得多漂亮，依循這個部落的身體經驗法則。

「**有賣出去嗎？**」Payi不允許浪漫、不切實際的農活，山裡人每天必須餵飽自己和家人，沒有收入的工作就叫浪費時間。「**有啊，一下子賣完。**」我直挺挺地回答，Payi沉默。

「**那你幹麼拉線？**」

我有一塊約四分的旱地，就在支亞干大道旁，柏油路——水泥覆蓋式排水溝——雜草——很多石頭的旱地，一個腳步的跨度，輕鬆跨越四層紋理，跨越公共財產到私有土地，沒有邊界和圍籬，你的地不只是你的地，也是每個駐足並留下評語，那些話說不完的族人的地。

每一次在這塊田工作，都得小心翼翼，來來往往的腳踏車、機車、汽車和電動代步車，視線齊發，鎂光燈下，我是單口相聲表演者。

「A…A…pyang…」機車呼嘯而過伴隨我被高喊的名字，我抬起頭，啊！是前村長。

「弟弟，該下肥料了啦。」馬路正對面的田裡，傳來另一位阿姨的尖叫聲。「這個肥料不好啦，要用五號（化肥）。」

我國小同學的爸爸，採完山蘇從一旁的產業道路下來，看見我擺在路邊的四二六有機肥，從貨車上給予指教。「你這個玉米種的間距太寬，不如在中間種地瓜或芋頭，不要浪費。」

姨丈聽到我砍草的聲音，從旁邊的房子走來也建言一番。通常他們都是前往工作或是工作回程駐足，停留時間不長，評論必須精準。

美花不能理解種個紅豆幹麼大費周章拉線，太陽還沒昇起前，我在邊緣兩側，每一公尺，鐵鎚敲下露營釘，尼龍繩紅色、淺綠色和黑色，繫在兩端，抬起雙腳來回拉線，速度加快，我以為在織布，又好像在跑道上賽跑。一整塊田，劃分成一個個整齊長方形，捧著種子桶沿繩播下。

這簡單的工作忙了兩天，美花一定心想直接灑播，等長起來用殺草劑控制生長狀況，多麼簡單。

好不容易做完，我拔起一根根露營釘，27、28、29……怎麼數都少一根，我繞著圈圈找那根釘子，心想之後中耕機推過，齒輪翻攪過，釘子會不會正好被翻出來插到我的心臟。

「那你幹麼拉線？」

「等雜草長出來，中間我要用中耕機推，剛剛好覆土又除草，現在精準拉線，之後工作才比較輕鬆，因為……因為，我不灑藥啊。」話說到「中間」，美花已經轉動把手離開，留下我一人把話講完，繼續找出露營釘，心想為什麼每個人的說話，總是那麼有力量。

翻土的聲音

王大哥和鍾大哥是我們這可以翻土的人，王大哥是Truku（太魯閣族），鍾大哥是Ngayngay（客家人），一個住支亞干，一個住隔壁鳳林鎮。

初始下田，那時還在東華大學擔任研究助理，我老實得可愛，純粹享受「傳統」在我心裡的波瀾。用手拔草、用手灑肥料、用手翻土，腰痠背痛當修行，強迫肉體歸向自己浪漫幻想的傳統中。

好幾次，Tama說要用割草機幫你好不好，我說不要，他索性趁我不注意，開著吉普車，在田裡駛來駛去，轉圈圈，壓扁茂密小花蔓澤蘭和大花咸豐草。

二〇一七年，我正式離開東華，當一個全職農夫，心想土地這麼多塊，光是幾坪小米田，就彎腰到夜夜麻煩室友按摩全身，只好認分地學使用割草機，手機儲存兩個大哥的號碼，按季撥打。

王大哥的曳引機有兩排雙刀，他是部落唯一投資翻土事業的長輩。他滿臉鬍渣，說話用喉音，大聲卻傳不遠，臉龐鬆垮，下巴白鬍子像掃把，一條下垂到胸部。

他第一次來我田裡翻土，看著巨大輪子和刀片將雜草壓平，依序攪入泥土，心裡很興奮，乳酸累積的手臂和腰間，疼痛瞬間抹平。我自以為傳統的美夢片片碎裂，彎腰除草的影像重疊：一個個Apyang，或蹲或坐，鋪滿四分地，只要十幾分鐘，全部隨著刀片通通攪爛，凝聚為現實，終於身體可以好好休息的竊喜。

四分地刷了一半，光禿禿好乾淨，像洗完澡，陰毛刮乾淨那種通透舒暢。土地重獲新生，進入輪迴的第一階段。他突然熄火，從高大的輪子上爬下來，走到紅色的茄苳樹對我說：「幫我去買一瓶維士比，天氣太熱啊。」

我還在訝異不知如何回應，「錢算我的，不包含在翻土裡面，記得要紙杯。」

他在樹蔭下等我，一副休息時間要聊天的樣子。把酒遞給他，安靜坐一旁。他問我要種什麼，我說小米，你是老人喔，只有以前的老人種小米，我繞過為何而種，免得他將我打回浪漫傳統的原形，叔叔你看過人種小米嗎？

「有啊，爸爸媽媽那個年代都種小米，現在沒有了，大家都懶惰。」他邊喝邊說，白鬍子沾到紅色液體。

即使現在部落裡閒置土地眾多，休耕補助鼓勵土地休息，實則是負擔不起種植成本遠高於收益，每到春秋季，許多土地等著休耕補助帶來的微薄新台幣，鄉公所排定一塊塊土地檢查綠肥的生長情況，在稽查人員到來前，土地上必須冒出硬質玉米、太陽麻或虎爪豆，所以翻土都得早早預約，王大哥也忙（喝）得不亦樂乎。

往後數次，我一直是王大哥的忠實客戶，雖然明明半天可以做完的工，他總是切分成好幾趟，抱怨下雨土太黏，抱怨太陽熱到無法呼吸；雖然有社交障礙的我，受不了每一次都得陪酒聊天找話題，但怎麼樣都好過自己肉體慢慢來。直到有一次，他成為我的拒絕往來戶。

有一年春天，我請他翻土，他照往例翻了一半，接著坐在樹下等我帶酒來，沒一會兒，他老婆騎著機車出現，遠遠地臭罵他不要再喝酒，「弟弟，不要買酒給他了。」女人當著我的面，好像我很樂意當一個酒促先生。

王大哥生氣咆哮我工作很累，喝一點不行嗎？你他媽的管我那麼多幹什麼。兩人在田裡吵架，連一旁的水圳都安靜，聽不到嘩啦啦的流水聲。我尷尬的同時，擔心他今天是不是又要拖工。沒多久，天空下起大雨，翻土工作正式暫停，他說幾天後再來，半推著老婆一起回家。

幾天變成幾個禮拜，最後索性一個月看不見人，我也錯過種植的最佳時機。延到三月中播種，提心吊膽地害怕小米和紅藜會被颱風吹倒。Tama說太多人給他翻，等輪到我的時候他就生病住院了。

我不得不擔心每一次找他來是不是害他，是我每次無法勇敢拒絕，親手遞上酒瓶到他嘴裡，是我每次當他的下酒菜，加速他腦袋被酒精麻痺。自然我理解他不想我們只是主雇關係，部落人習慣如此，若請人來田裡工作，除了新台幣的交換，更要有口水的交換，陪伴聊天才不至於淪落僅是數算新台幣的難堪。但我實在撐不起一再拖工影響種植規畫，也撐不起自己是公賣局代言人。

從此之後，我改找鍾大哥。

鍾大哥身形嬌小，說國語帶著濃厚客家腔，鼻音用得很多，聽久了頭會暈。他是一個聰明幹練的老人家，老鍾老鍾，他自己介紹走踏江湖的藝名，你跟別人說鳳林老鍾，大家都知道是我。

老鍾的地盤不只萬榮鄉和鳳林鎮，還跨越萬里溪到光復鄉。他做事老實，翻土細心，曳引機後面的道具種類豐富，除了刀片，還有風火輪和滾走切碎雜草的鐵棒。

跟他約早上六點，他五點半就來田裡，翻一次不夠乾淨，還會主動要求第二次，但錢沒少算，翻幾趟就收多少錢。我第一次給他翻一片玉米田，草木乾淨，省去很多後來除草的工作，那一季玉米長得高高壯壯，心裡感激他的認真翻土。

唯一讓我不適應的是，他例行性地翻土完要跟我聊天，比起王大哥還有酒相伴，他更是說故事的高手。

首先鉅細靡遺地說明翻土工序，先用齒輪切草，再用滾輪翻，才會乾淨，等草都乾掉了，再攪一次土，包你種得方便，不過要再加一千……

接著開始說故事。好幾次都一樣，一個老人，一個中年人，我站著聽他說故事到雙腳麻痹。他似乎沒知覺，腳像樹根站立幾百年。年代跳來跳去，有最近，也有好幾十年前。故事一直講，好幾次我開始恍神，只剩眼睛看著他闔不起來的嘴巴。

他在我的田裡看到兔子腳印，說抓兔子的方式就是先把田的四周犁出很深的溝，兔子進來後跳不出去。有一次老鍾在田裡抓到五隻兔子，全部裝在塑膠袋，綁緊後放到車上繼續工作，回來全部不見，塑膠袋卻好好地擺在一旁，繩子都沒解開。「**從此我不敢抓兔子了，兔子會變魔法。**」

看到我的田裡有樹薯，就說起他的樹薯被山豬啃，二百斤，手比出這麼大的腳印，樹薯被山豬啃到翻出來。我說我的樹薯下面有洞，他說要小心，老鼠進去一個洞，從另外一個洞跑出去，蛇看到老鼠洞也會進去，但老鼠洞不是直線挖，會挖一個過彎，像機車甩尾，蛇身體過不去，卡在裡面，不是眼鏡蛇就是南蛇。如果你看到土隆起來一堆，那就一定是蛇，小心小心。

我轉話題問你認識我爸爸嗎？許××當鄉長的時候我爸是村幹事。

他聽見關鍵字，開啟下一段：許鄉長有塊地在他家旁邊，老鍾當兵回來跟他買這塊地，鄉長不賣他，就算一甲三萬也堅持不賣。沒多久，鄉長跟著大家一起種檳榔，帶來一些已經長了有些高度的檳榔苗。老鍾問哪來的檳榔，鄉長說水車寮的先生賣給他，一株六十元，是白色的糯米檳榔。老鍾笑他，那個檳榔是他田裡的，水車寮先生去他田裡撿，根本不用錢，你被騙，這根本不是糯米檳榔，就是一般的子彈型檳榔。

鄉長不信，老鍾說不然你去跟賣家簽契約，等到長大如果是子彈型檳榔，我一株賠一千塊給你，鄉長去問賣家，對方不敢承諾，幾個月後，果然長出子彈檳榔。

鄉長後來當上議員，老鍾繼續無縫接軌延長話題。

老鍾年輕時，有一次被我們部落議員的老婆，抓去翻支亞干溪旁的土，他開著曳引車，載著議員妻子、兩個漂亮女兒和一個來遊玩的美國人到溪邊，從這邊翻到那邊，其他人跟在後面播玉米種。

那時支亞干溪畔有一群外省人從事採礦工作，他們的據點稱「輔導會」。外省人從輔導會衝出來，大喊這裡是我們的停車場，你們怎麼在這邊翻土。議員老婆上前大罵：「**這是國家的地又不是你們的地，你沒有繳稅我也沒有繳稅，這裡是西林村就是我們的。**」外省人說我要叫警察，議員老婆說不用叫，我兒子就是警察，雙方爭執不下，最後放棄翻土。

一夥人跑去溪邊游泳，衣服全部脫了剩下小內褲，喊著老鍾一起來。老鍾心想誰怕誰，脫了一起跳下去，玩到身體冷了，趁大家不注意，偷偷抱著衣服跑走，他怕外省人找麻煩，留下水裡持續嬉戲的四個人……故事說完，我差點打瞌睡。

翻土不僅是翻土，連同地主和翻土的人一起攪和進土裡，每一次整理土地，好像重新整理生活在支亞干的記憶。我們在盤根錯節的土壤孔隙中，埋下各種田邊話，即使擔心工作進度又要推遲，或是面臨那些不知如何反應的話題而感到尷尬，因為翻土，跟著引擎聲、刀片轉動撞擊石頭，呑嚥維士比、擦拭汗水、記憶陳述，悉數沉澱在土壤之中。

咖哩火雞

火雞有一個紫色的脖子，喉嚨那個發出聲音的部位像老人，有一層層鬆鬆垮垮的火紅皮肉，咕嚕咕嚕咕嚕……連聲音都像老人。

我抓起這隻母火雞，手抬得很高，牠的眼睛正好在我視線水平處，大大的圓眼睛空洞看著我，圓得像國小老師要求我們用圓規一遍遍畫出準確的圓形，手抖一下，老師的藤條就揮一下，又得重新圓一次。

圓眼睛是漩渦，多看幾眼靈魂陷進去，又要讓我心軟了。

我注意過公雞和母雞的眼神，工寮裡的大公雞眼神囂張跋扈，看你的時候根本打量你，秤你幾斤重。手拿農具走進雞群，雞鴨們往往慌亂地散開飛開。我手中的鋤頭是喜得丁，唯獨大公雞堅固地像石頭站在原地，我一手推開牠，證明自己比雞強。

母雞一般的情況則是眼神溫柔，若手裡拿著雞飼料，牠們會撒嬌地黏在腳邊，期待第一把從手中掉落的食物，我手揮到哪裡，牠們就緊張地飛到哪裡。有趣的是，正在孵蛋的母雞就不一樣了，牠們的眼神從可愛變可怕，人走到哪裡，牠們瞪到哪裡，跟南北韓共同警戒區的士兵一樣，二十四小時緊繃。

我親眼看過母雞為了不讓大公雞接近，瘋狂啄牠的樣子，也嘗試過換水的時候被閃電般地啄來，簡直一頭迅猛龍。

火雞就不一樣了，牠們體型龐大，羽毛豔麗，展開來是張Payi珍藏的布毯，細膩又認真的編織品。Tama要我抓火雞的時候我很怕，比抓大白鵝的恐懼還高，因為牠們的翅膀像火焰正在燃燒，手摸到會起水泡，最終我壓抑對美麗事物的恐懼，伸手抓住火雞的身體，這才發現牠們對人類的反應相對雞更溫馴，甚至不該用溫馴來形容，應該是冷漠。

火雞沒有靈魂的眼睛看著你，一副此生已無缺憾任你擺布的樣子，大大圓圓的眼睛拴住我全身使勁的專注力。雞被抓的時候用叫聲，用身體不時的痙攣抵抗你，怎麼樣也要幹到最後一秒，火雞被抓的時候用冷漠的眼神抵抗你，我反而癱軟了。

Tama公務員退休時想過起農人生活，我提議養雞，他興致滿滿卻總是雜事圍繞而遲遲沒有動手。部落裡跟我要好的哥哥知道我想養雞，大方地把田裡荒廢十幾年的工寮讓給我，我走進去看裡面是一條幽暗的中間走道，及兩旁架高的雞籠，屋頂的鐵皮有些被雨水鑽出鏽洞，較薄的木板和角料已經脆化，推一下像餅乾屑片片掉落。

「別看這些，主結構的梁柱都很耐，Hinoki喔！你死了他們還沒死，但你得自己拆。」

拆遷的工作很快展開，哥交給我的工具中，我最喜歡用Baru（拔釘器）和砂輪機，Baru撬開梁與柱，牢固的釘子被拔開，挖地瓜的手勢，地瓜被三耙釘翻出土堆，釘子被Baru拔出木頭，滿滿堆高的成就感。

砂輪機更是神奇，護目鏡下高速旋轉的圓形刀片，磨掉鐵皮屋頂上的釘帽，飛濺的火光和被截飛的鐵釘，搭配尖銳的「將將」聲，全在幾秒內發生。

不到幾天，十年的工寮被拆解並分配成一堆堆的建材，再過一段時間，工寮離開支亞干部落半山腰，叫做Takaday的地方，重建於Yayung Qicing[1]旁我們的田裡。

1　太魯閣語，照不到陽光的溪，漢名為清水溪。

Tama帶著我重新組裝，先用Baru挖柱子坑，我用力把Baru垂直往地下刺，手上爆筋的血管讓我爽快，但Tama糾正不該那麼用力，浪費力氣，順著地心引力往下，Baru墜落的最後一秒放開它，再前後左右扭一下，把坑的範圍挖大。

一個一個的坑被挖出來，柱子紛紛立起來，路過的部落阿姨看到笑著說我們是不是在做裝置藝術。其實現在蓋雞寮很少用木頭建造，高級一點的就輕鋼架加鐵皮，簡單一點的直接竹子或鋼筋圍在樹下，我跟Tama是認真的傻瓜，用雙手努力蓋一棟高級雞寮。

我始終懷念那段時光，烈日下認認真真地做事，黏膩的汗水和濕透的上衣是成就感的來源。原來用雙手完成一件事情這麼令人著迷，原來不僅是把一間工寮從山上搬到山腳下那麼單純，更是一門學習的課程和努力生活的印記。

工寮蓋完後，雞鴨鵝陸續進駐，一部分用新台幣換來，更多用人情換來，Tama的朋友看到我們搭建高級的檜木工寮，紛紛送來自家的雞鴨，Tama在雞寮外的大樹下放了張白色公園椅，還用木頭和大理石板搭了一張半圓形桌子，每一次工寮裡多了一隻雞或鴨，桌子下就多一瓶保利達或米酒空瓶，他們在樹蔭下聊天，除了說雞鴨鵝，更多是談部落的政治或生活。

嚴格來說，這些兩隻腳的動物是用Kari換來。Kari是說話、聊天的意思，中文念起來像咖哩，我們用很多的咖哩搭建一間工寮，我們用咖哩養工寮裡的雞鴨鵝。

園裡用咖哩換來的三隻火雞在一群雞鴨鵝中特別突出，兩隻Bubu[2]，一隻Tama，起先我發現牠們可以輕易飛過雞寮的圍籬，甚至驕傲地漫步於雞寮外的田區抓蟲吃，其他的雞鴨鵝總是安分地待在圍籬中，不敢踏出未知的世界，偏偏火雞擁有通行證自由進出。

尤其Tama火雞，遇到我手拿捕雞網立刻飛到屋頂上，高高看那些用雙腳在地面逃竄的雞鴨鵝。就連Bubu火雞生的蛋也格外碩大，摸起來飽滿踏實，上面點綴稀疏的灰點，漂亮極了，煮起來也很可口，放在餐桌上我超喜歡。

不是零就是一百。

這是我們幾個年輕人常嘲弄自己太魯閣族特質的玩笑話，做任何事情不是做到最

2 太魯閣語，Bubu一般指母親，但描述動物的性別時，公的會用Tama，母的會用Bubu。

爛就是做到最好，只能有兩個選擇，不允許不上不下的中間狀態。工寮裡的火雞也是如此，不是驕傲地呼吸就是壯烈地死亡。

某天我走進田區，在圍籬旁看到散落一地的美麗羽毛，鐵黑色的底襯托白色的斑點，眼睛順著羽毛掉落的方向走到田中央，兩隻巨大的屍體平靜地躺著，一隻Tama火雞和一隻Bubu火雞，一同闔上雙眼。遠處傳來三隻野狗的咆哮聲。

依據我的判斷，牠們愉快地在早晨散步於圍籬外，突然闖進的狗本能地捕殺獵物，鮮紅的血濺在牧草上，濺在玉米葉上，還有我和Tama的咖哩中。

我跟Tama形容那三隻狗的長相，他一口咬定是某個阿姨養的，跑去理論後的好些日子，阿姨沒再跟我們來往，就連在支亞干大道相遇，她也靜默並小碎步離開。

園子裡僅剩的一隻Bubu火雞，很快領悟生存的本領，牠再也不離開圍籬，大部分的時間縮在陰暗角落，我下意識可憐牠，失去了老公和姊妹，一個人一定很孤單。

時間久了，我漸漸看穿牠的計謀，母雞開始生蛋的時候，牠就用厚重的身體壓在母雞身上，等到母雞受不了離開，牠便名正言順地變成後母，親自孵那些不是從牠的陰道生出來的小孩。

Bubu火雞不知是見獵心喜，還是忌妒失去丈夫後自己無法生出受精蛋，其他的母雞生蛋後，牠又跳槽去霸占其他的窩，反反覆覆下來，工寮裡的母雞產蛋量越來越少，也從沒有小雞被順利孵出。

我詢問許多人，老人說：「**這可以吃了！**」好幾次我蹲在雞寮和火雞對望，心裡面想著該把你殺了嗎？但想到牠失去家人，又看著牠死生無憾的大眼睛，終究無法硬下心來，最多就是把牠拖出母雞窩，沒多久牠又一屁股坐回去。

某天，我發現大公雞跛了一隻腳趴在地上，頂上一個大光頭，毛散落一地，被啄出大腫瘤。我還在猜測是誰把牠搞成這樣；大白鵝和雞群們相處久了，沒見過大白鵝動手，另外一隻小公雞從不是大公雞的對手……

等我把空心菜的雜草拔完後，走進工寮，正好看見Bubu火雞壓在大公雞身上，瘋狂啄牠的頭，火雞用火焰的羽毛燃燒可憐的大公雞，我生氣地二話不說，鐵了心把火雞捉起來，尼龍繩牢固地綁住雙腳，扔進麻布袋裡。

騎著摩托車回家，心想老人說得沒錯，該殺就得殺。我把火雞帶到後院，從麻布袋裡取出來，火雞的大眼睛又開始催眠我。如果牠奮力地掙扎，我會二話不說直接動手，偏偏牠一貫冷漠地動也不動，深邃的瞳孔完全放大再放大，讓我再次心軟。繩子解開後，心想放在後院裡養吧，至少給牠一個生存的機會。

「你們家的火雞在幹麼，衝到我田裡，踩壞休耕的玉米，還吃我的玉米，我的補助怎麼辦？我那邊還有很多小雞呢，牠會不會殺死牠們。」

隔天清晨，隔壁的Payi氣憤地用族語在我們家門口咆哮，原來火雞飛出後院，像颱風一樣搜刮Payi的玉米苗，氣得Payi聲音提高八度，尖銳地劃破支亞干部落第十一鄰。

我和Tama對視而笑，心想這火雞真正不簡單，我被命令立刻抓火雞，帶著一隻黑狗和一隻虎斑狗，像FBI一樣去搜尋。沒多久在Payi的田邊發現牠，牠慌張地揮動翅膀飛走，我猛力地抬起雨鞋，像進擊的巨人在田裡狂奔，還得小心別再破壞玉米，小心Payi的休耕補助。

我告訴自己這次不准再看牠的眼睛，不准再被美麗的事物迷惑，不是零就是一百了。

Tama把磨刀石從流理台下拿出來，吩咐我煮一大鍋熱水，我已經逼迫自己不去想像火雞被綁住的雙腳，還有牠正安靜地側躺在廚房角落了。

本文獲二〇一八年台灣原住民族文學獎散文組第二名

Sungut——樹豆

清晨五點多，我把貨車停在產業道路旁，打開車門讓虎斑狗從車上跳下來，陽光很稀疏，透著海岸山脈的山頂像蒸氣蔓延到山腳下的支亞干部落。我提著廚餘桶，戴上帽子，往雞寮的方向走。旁邊是一條彎曲又筆直的水圳，農田水利會稱平林圳，我們稱水溝。每天早上我固定去餵雞，引擎聲停止後，雞寮傳來公雞的嚎叫聲和鵝的吼叫聲，接著就是水溝嘩啦啦的流水聲。

水溝旁一處竄動，仔細一看，原來是住下面的**Payi**早早來工作。**Payi**的身形很嬌小，駝背一天比一天嚴重，她彎曲在樹豆林中，白色頭巾、花色袖套、暗色棉褲和雨鞋，不注意看，以為她也是一棵樹豆。

Payi的電動車停在田邊，每次看她騎在路上，肩上總背著裝滿各種工具的藍紅尼龍袋，有時車子後面加裝箱子，同樣塞滿工具。這個風景在支亞干很常見，**Payi**和

Baki們趁著日暮微亮，全副武裝駕著電動車往田裡去，一副無所畏懼的樣子，有幾個Payi還會戴上墨鏡，馳騁在支亞干大道上，看起來很可愛。

餵完我的雞，跑到雞寮外胡亂拔草，瞥見Payi拿出一把大鐮刀，不誇張，那把鐮刀快跟她一樣高，雙手舉起來，高到天空，用力揮下去，唰一聲多乾脆，就像在打棒球，精準俐落。樹豆下的雜草一一倒地，她那片樹豆林在打棒球的姿勢中全壘打結束，乾乾淨淨。

樹豆，我們叫Sungut[1]，念起來有很重的鼻音，很好聽。

兩年前的春天，我在田裡種下小米、紅藜和高粱，因為第一次種植不敢種太滿，正煩惱整好的地空出許多位置，跑去舅媽家聊天，她塞了一小包樹豆給我，顏色有紅、白、黑，圓滾滾摸起來很堅硬，看起來像部落裡女生串在脖子上的薏苡珠項鍊。我謹慎地問她怎麼種，她精準地說一個洞放四到五個種子，走五步放一次，她邊說邊走給我看。我回到田裡，走四步放六個種子，我太害怕失敗了。

樹豆在支亞干像狗一樣多，騎著機車繞整個部落，各種顏色的狗保家衛國衝出來吠你，樹豆也像衛兵矗立在各個角落，是每個農人田邊的檢查哨。生長期近一年的樹豆，春天種下後，秋末冬初開出鮮黃色的花，隨後長出豆莢，隔年的春天前必須採收完畢。所以樹豆常種在田的邊界，中間還能種其他的作物。隨著務農的人數越來越少，也有一些Payi和Baki將整片田種滿樹豆，應付支亞干人千百年來延續至今對樹豆的口慾：鹽巴、山肉、樹豆，加一點龍葵葉，煮一大鍋熱湯，就是一道傳統又經典的太魯閣族美食。

我從沒有認真探究樹豆的種子從何而來，總之春天一到，種子很自然地流竄整個部落，我問過對面的阿姨，她的種子是幾年前別人給的，後來自己留種到現在。我問那個老是被我叨擾種植技術的Payi，她說住在南邊紅葉部落的親戚很久以前分了種子給她，於是每年種滿一整片樹豆是她的習慣。

她強調：「種樹豆不怕找不到種子，不怕找不到人吃，不怕找不到人賣。」Payi自信地說她每次去鄰近的鳳林鎮菜市場兜售農產品，總有很多平地人問她有樹豆可以買嗎，我好奇地問為什麼平地人也會吃樹豆，「我教他們的啊。」她咧著嘴大笑。

1 詳知讀音可上線上太魯閣族語字典網站https://e-dictionary.apc.gov.tw/trv/Search.htm

「我教他們的啊。」這句話給我很大的力量，務農初始曾經害怕僅種植傳統作物，到頭來只能賣給部落人而無法賺取更多利潤來養活自己，現在想想總覺得莞爾。樹豆在眾多太魯閣族傳統作物中幸運地保留下來，即使沒有像小米一樣留下了許多傳說與神話故事，卻真實地持續生長在支亞干，持續揉和著這塊土地的季節週期中播種、長大、開花、結夾、成熟、採收、日曬、留種到分享，不斷重複和擴大。

舅媽給我的樹豆，不到兩個禮拜從土裡冒出嫩芽，很快地跟前手臂一樣長，筆直卻柔軟，我移出多餘的苗，留下二到三株，讓它們有足夠的空間成長茁壯，之後就是拔草等收成。樹豆喜歡風又怕風，種得距離寬一些，通風良好果實才會多，風太大又害怕跌倒，我看過為了讓樹豆長得直挺，在幼苗時把寶特瓶切半，套在它身上固定長勢，更常見的則是用竹子支撐或是用尼龍繩把所有株幹綁在一起。

採收前深綠的樹葉逐漸轉黃，豆莢也漸漸失去水分，變成帶褐色的硬豆殼，「Mhru ka hiyi na da.」，Hiyi是太魯閣語身體也是果實的意思，樹豆的身體長出來了，意指樹豆經過一番輪迴後重新綻開新的生命。我喜歡這些傳統作物生長在自己的田裡，分享那些不斷重複又不斷擴張的生命史。我喜歡每年接近冬天，看著樹豆開出多少黃花，苦惱抑或欣喜數算明年有多少樹豆吃，有多少樹豆可以賣，又有多少樹豆可以循環進入支亞干的換種系統中。

家的流速，回家或離家的沒語季

梅雨帶來大雨，水圳的水幾乎滿出來，雞寮停水好幾天，又得重新整理水管。雞寮旁那條水圳，水源起頭是Yayung Qicing，我們游泳的第二關。第二關是相對應的序列，下游一點清水橋下是第〇關，再往上游公墓和納骨塔前是第一關，最後是第二關。潭水的範圍更廣更深，最多人去玩，也最多人死在這裡。

第二關山壁下方被水沖破一個大洞，也不知道是天然還是人工，我猜是天然。洞穴貫穿一整座山，緊接著被修築成一條水圳，從我們支亞干往東南蔓延，灌溉林榮、南平、北林、大榮那些平地人住的地方。

水經過支亞干和隔壁新白楊部落的土地時，水比地低，看得到吃不到，要吃水得自己想辦法接。水圳接水對於部落人相對不容易，也相對少人直接用水圳的水，大家走上數公里從山上找溫和的水源，水管擺置好，水自然地從高處往低處流。

水圳隨著季節變換水位和水勢，天氣穩定時，水流溫柔，像輕薄的海帶任你揉捏，帶往山上，帶往家中，帶往田裡；天氣不穩定時，水是馬路上暴衝的狗，齜牙咧嘴，該往低處卻偏偏往高處，咬住水管瘋狂亂竄。

農田水利會在颱風來臨前關閉源頭的水閘門，梅雨季則不會，一旦大雨侵蝕，水就無法乖乖地流進我們安排好的進水孔。

搬出家裡快三個月，很多Tama和Bubu的訊息都是從兄弟那輾轉得知，Tama說很丟臉，住在我們家上面的人都一直說話，你怎麼可以喜歡男生，你怎麼可以做噁心的事。Bubu說很想你，很想要你回家裡住，可是你丈夫不行……

剛離開時，Line的訊息滑開總是這些話。他倆無法開口對我說，也無法開口對兄弟說，只能用手機打出來，一個字一個字地傳送。兄弟們從沒有複製貼上再轉傳給我。也許怵目驚心，缺乏口氣的文字比言語更加血腥暴力，他們濃縮再詮釋，等我接收到已是簡易的、無關緊要的陳述。是水圳清澈的水，無論如何都會往低處流，流到我和Tama的雞寮，中間過程一切省略。

雞寮是二年前Tama和我一起蓋的，純手工，夏天汗水的傑作。沉默是我們的溝通工具，身體自然地相互來往是我們的相處方式：埋柱子的時候，架梁的時候、釘浪板的時候、接水管的時候，我們的對話加起來不及一首詩，我們之間有一條隱形的臍帶，不需要言語就能讓事情往同一個方向前進。我喜歡屬於我倆的沉默，風吹在他的手臂時，我自然地放下拔釘器，有默契地遞冰凍礦泉水給他，兩個人停下來休息。風告訴他歇一會，風也告訴我該躲進血桐樹的影子下了。

前一天Tama打給我說早上六點一起換水管，一定要兩個人。隔天他說身體不舒服，明天再去吧。我想著可以自己來，巡一遍管線的狀況，預估只需要加長進水的部分，水就能向下流。

跑去鳳林鎮泰昌水電材料行買水管，老闆娘是Tama的國中老師，看到我說你是不是胖了。對，我變胖了。你吃太好。對，我吃很好。你爸爸現在做什麼？好像例行公事，每一次國中老師都得問這題，我爸爸每天跑來跑去。

我其實預先在田裡割下一段水管，我有記數字障礙，怕自己買錯，但也許潛意識想要測試，接了那麼多次水管，也該記住每一個尺寸對應的數字了，最後切下的水管被我扔在雞寮某處。

面對架上琳琅滿目的粗細水管，我又慌了，用手摸一下，應該是這個，買了三條六分的水管回去。開回雞寮的路上，看著側身用尼龍繩固定在右方後照鏡的水管，總覺得不像，不是他，對，真的不是他，腦中浮現過去最常買的尺寸數字，一硬擠，是一硬擠。

我放棄回材料行，直接到雞寮。雞寮裡有許多用剩的一硬擠和接頭，幹，白白去國中老師那一趟……

本來水管的起頭，入水的地方，我們用好幾顆大石頭固定，水勢強大把石頭沖走，悉數堆積在用鐵網罩住的水圳下。石頭把水隆起，水管浮出水面，像蛇蜿蜒跳舞，水無法順著小洞繼續前進。

我把鐵條插進網洞，用槓桿原理加上水的流速，抬起石頭，手指感覺到鬆動，趕緊用力把鐵條往前壓，水幫忙把石頭沖走。每沖走一顆，槓槓槓發出聲音，所有的石頭全部被移走後，水管終於沉入水圳底下。

水管經過的這一段，農田水利會為了方便巡查，加裝厚實的鐵網。心想每次大水來，鐵網下方的水管無法管理，如果能在大水來之前都把水管先收起來，等水小了再放回去不是很好嗎？於是我用鋸子細密的牙齒，割斷鐵網下段的水管，再慢慢從上段把水管抽出來，水管放在鐵網上，進水的部分加了三根一硬擠，慢慢把進水頭放到水裡，水還是不進來，後段水管架高在鐵網，前後高低落差不平衡。

水是Bubu不願意聽進去的話，無法進入雞寮的叛徒，無法共享永生的我。餐桌上我喝南瓜菜湯，Bubu問我上面的人說你在臉書貼你喜歡男生，是真的嗎？是啊，斬釘截鐵的兩個字。你怎麼會這樣啊，我真的好擔心，我沒有辦法接受，《聖經》沒有辦法接受，媽媽不能跟同性戀住在一起。你不要就不要，我搬出去，反正後悔的會是你。

湯還沒涼，半碗空在桌上，我拿鑰匙開貨車出去，車子引擎很大聲，可是我的心裡好安靜，我算是被拋棄了嗎？埋了三十幾年無法說出來的話，我想像過各種出櫃的場景，結局大部分是美好的，我們會一把眼淚一把鼻涕地訴說沉痛，抱在一起說怎麼樣你都是我的孩子，怎麼樣你都是我媽媽。可沒想過一切來得如此迅速，習慣不對話的我們也不習慣把話消化，Bubu開始高分貝說出耶和華、《聖經》、教會那些關鍵字，下意識我已經排斥無法聽下去，用結局打斷各種言語的發展。

我要搬出去了。

說是搬家，其實也沒多遠，隔壁鳳林鎮林榮里，距離不過二公里，騎車五分鐘，走路十五分鐘。整頓好各種家具，我傳訊息給Bubu，我搬出去了，但每天還是會回去餵雞。我不知道為什麼會在這種關鍵簡訊裡提到餵雞，好像那個住了三十幾年的家，我最重要的功能是養雞。「我好心痛！」Bubu的第一則簡訊，我回覆我沒有一天不心痛，「鍋碗餐具棉被枕頭冰箱電風扇有嗎？家裡很多。」Bubu的第二則簡訊，我笑著輸入：「明天回去拿。」

與其挖出心裡各種艱澀難懂的感覺，表達成言語，書寫成文字，我的Tama和Bubu更習慣現實一點，日子總是要過，就算你是同性戀，還是得煮飯吧，就算你每天晚上抱著男人睡覺，還是需要蓋棉被躺枕頭吧。

隔天早上，Tama打電話給我說去修水管，下梅雨的第五天，雞寮停水的第三天。他把下方原來固定在水泥坡坎上，被大水沖得搖搖欲墜的水管撿起來，敲上鋼釘，鐵絲旋轉纏繞水管；他把鐵網上的水管再次切斷，收進掩蓋的鐵網下方，他沒有問我為什麼要把水管置於高處，我也沒有解釋，我們只知道要讓水順利地流進雞寮。

水源頭需要用大石頭綁住固定，我們一起從旁邊的田搬來一顆巨石，比我倆的肚子還大。石頭放在岸上，鐵絲和電線纏繞水管，老虎鉗夾住打結的線，順時鐘用力旋轉。他綁一條，我綁一條，他那條把水管固定在大石頭旁，我那條纏住水管不讓它晃動，再補上好幾條，我們的線不分彼此，最終糾結在一起。

鐵絲劃過他的手，鮮紅的血流出來，Tama把手放在水裡，很快地被泡沫沖走，血像煙霧迅速稀釋成只有水的白色，我沒有開口問他痛嗎？我們習慣工作受的小傷口不足掛齒。

大石頭要慢慢放，他說以前跟他爸爸都這樣做。我們一起下水，大水簇擁到鼠蹊部，他在下游，我在上游，我怕他的雙腳遲鈍無力了，沒有說我站在他的上方是想幫他擋擁擠的水波。我們一起抱住大石頭，身體彎腰，雙腿曲折，輕輕地，石頭和水管一起沉到水底。

我們走到雞寮裡面，水管像打嗝般吐出一口又一口的水，再過幾秒，瀑布般綿延不停，流進沉沙用的小水缸，再流到前幾天我挖好的大坑中。

我最後巡一遍水管走的路，一處磨損的傷口，噗茲噗茲地噴出水，我用黑色的電器膠帶綑綁，直到洩氣聲消失，仔細一看右手的食指，不知道什麼時候劃破一條不深不淺的傷口，我把手指頭放進冰涼的水，血染紅了水圳，往東邊流去，尋找Tama的血。

小的時候，我們在水圳旁種文旦，那時候的水圳不似現在，水泥固定方正的凹槽，規矩的水溝模樣。那時候的水圳是一條小溪，我和兄弟們在水裡盡情擺動身體。Tama怕我身體太小，會被水沖走，我被扛在他肩上，像烏龜趴著。我們一起潛入小河中，我害怕地在水裡張開眼睛，白色泡沫圍繞眼前，陽光照射到溪底變成淺淺的橙黃色。Tama的肩膀有一個模糊的刺青，那是一條尖嘴鯊魚，藍綠色的條紋被水塗抹得斑斕耀眼，我長大後也要當一條鯊魚，背你到水裡，幫你扛石頭，替你蓋雞寮……

Tama浮出水面，「再一次嗎？」「再一次，再一次……」

本文獲二〇二〇年台灣文學獎原住民華語文學創作獎散文類

去哪裡？去上面

把鐮刀、開山刀、鋸刀和繩索放進藍紅相間的尼龍袋，
套上雨鞋、戴上帽子、穿一隻手套，走出家門，
「你去哪裡？去上面喔？」遇到的族人總要這樣問，
過去太魯閣族居住高山，
即使移居平地仍使用高度辨別空間，
去上面不僅是上山，是學習，
是填滿部落傳統的生活技能。

Tminum Yaku・編織・我

我側過身把手放在他的胸膛上，羽毛落在鬆軟棉被中，輕輕慢慢地，怕吵醒他，可又矛盾的想讓他透過胸膛肌膚感受我的手掌溫度；下巴倚著他厚實的肩膀，仔細聽他的鼻息聲，舒緩又有規律，跟窗外傳來的蟲鳴聲一樣，風從山的方向吹進室內，到了房間裡面跟著頭頂上的電風扇不停旋轉，我也一起旋轉，看著桌上那塊織布，此時此刻，在不完整的黑覶中，感到完整。

先在心裡想一個畫面，垂直的和水平的Waray（線）交錯構成，經線和緯線採灰白色，像是苧麻用木炭灰染浸過，灰白色做純淨的底，做Dowriq（眼睛：菱形紋）挑緯線可以很自由，Payi們用過各種鮮亮的色彩，螢光的綠色、鮮紅的血色、桃紅的唇色……

心裡直覺一個畫面，眼睛睜開剎那，看到Rudan從木瓜溪翻越幾個山頭來到支亞干部落。他們原來的部落叫做Qutuw Pais（敵人的頭顱），靠著征討敵人的領地得名，現在他們繼續往南邊的方向前進，每一個勇猛的獵人身著Payi織做的Lukus（衣服），Lukus上面一個個侵略的眼睛……我打開螢幕中的Excel，調整方格尺寸試圖爬格子，但Payi們不需要紙筆構圖，更不可能用手操控滑鼠記錄心中圖譜，一種極度矛盾爬滿皮膚。

「督……這個我可以！」Watan把眼睛瞇成一條線，眼球移到他正白眼眶的最角落，我扯開笑聲，高分貝回：「是不是，他很帥，而且他很會做，我好累呀！」

「你的腳好會開呀！難怪你剛剛走路怪怪的，我可以Cover你呀！」

我推他的頭說走開了啦。

和Watan分享男友照片時，先是照慣例他對臉蛋身材和技巧評頭論足，接著理性分析我和這個男人的未來發展，我們很熟練這種討論男人的SOP，心裡有一張評核表，原住民打勾、有穩定收入打勾、家中獨子打叉、容易融入原民圈打勾、熱愛原住民文化打大勾，我男友在那次的評核表，驕傲地拿了七至八個漂亮的勾。

Tminum，T-e、M-i、Nu-m，轉換成漢語是織布，喜歡念在嘴裡三個音節的感受，重音放在倒數第二個音節的mi，我問Payi你會織布嗎？Payi 笑著看我：「Kla ku bi tminum o!」（我很會織布喔！）

我注意那個有點拉長又上揚的mi，很像小時睡前偷吃廚房櫃子裡方糖的竊喜感，發掘一道親切的祕密，似乎世界上本該描述太魯閣族的織布只能有Tminum，用織布不對，用英文的Weaving 不對，獨一無二佇立白石聖山上的Tminum。

我們跟著Payi到苧麻田，她說苧麻叫Nuqih，好用的苧麻葉片翻過來雪白色，長得很高很直，叫做Nuqih balay（真的苧麻），不好的苧麻葉片翻過來青色，長得也比較矮小，叫做Nuqih buyu（野苧麻）。

我內心小劇場持續膨脹，竊笑這種為我族獨尊的虛榮感。連續幾天Payi帶我們去葉、去皮、取纖維、浸泡、敲打、晾乾，每一個讓Nuqih接近成為Waray的身體動作辛苦又費時，很長的時間裡面大家安靜做，Payi不斷稱讚說：「Balay bi laqi Truku o!」（真的是太魯閣族的孩子），汗流滿全身也感覺滿足。但有個疑問我不敢開口，怕繼續往深處揭開這個重大的祕密，就永遠被排除，Tminum會用力把我舉起往白石山下扔。

「Payi, Snaw ka yaku, mtduwa tminum hug?」（我是男人，我可以織布嗎？）

Bubu和Tama知道我喜歡的是男人了。Bubu先是歇斯底里咆哮說不可以，聲音淒厲又悠遠，我下意識思考的不是不可以，是隔著我房間這個加蓋鐵皮二樓外，隔壁的阿姨是不是聽到了，明天和好幾個明天，全部落都會知道Tama的兒子是Hagay（漢語再次造成翻譯的困擾：同性戀、娘娘腔或是更難聽的死娘炮），也許她們還會知道我和Watan的檢核表，大肆批鬥我們不該把臉蛋和身材擺在最前面，分明是穩定收入才對……

Bubu開始流淚，Tama則是雙手抱胸安靜地坐在一旁，我不敢抬頭看他的眼睛，雖然他只有十二歲時候跟著Baki（祖父）上山打獵一次，可是我堅信他不是用獵槍打死那頭朝他衝來的水鹿而是那雙凜冽的眼睛。「《聖經》不允許，你不會和我們一起進入應許之地。」

那個我靈魂發白的炎夏午後只記得Bubu說的這句話，一個一個的漢字堆疊成一個有底的山窟，把我封起來，Bubu和Tama用聖水倒滿山窟，溺斃在裡面的我，跟著後院雞舍的小雞，在強烈颱風過境後死在泥濘中。

我在深深的黑夜哭泣，不斷撫摸Payi（曾外祖母）留下的Qabang（織布做成的棉被），Qabang顏色很豐富，線材是柔軟的棉線，過去美援的年代，傳教士不斷在教會發放物資，一件件毛衣送到家裡。Payi們想都不想適合套在哪一個家人身上，她們興奮撥弄，用銳利的眼睛找出毛衣線頭，拆成一條條色彩繽紛的完整Waray，這是好珍貴的Waray呢！各個太魯閣族的部落開始出現有別以往顏色的織品，用現代漢語說法：「**實在太有創意了！**」

Payi用阿美利嘉（泛稱白皮膚金頭髮的外國人）傳教士送來的毛衣，製成這條柔軟的棉被，媽媽收藏在櫃子最裡面，我翻到時跟獼猴一樣跳來跳去，興奮無比。它開啟我對Payi的思念，還有對Payi織做的無限想像。

那麼多件不同的毛衣，她怎麼挑上這個顏色？她的身體坐在Ubung（織布機）前想的是什麼？她有覺得自己將要完成的這件棉被和過去的傳統不一樣，Utux（祖靈）會接納她嗎？還是Utux也會跟媽媽一樣用可怕的語氣說：「**你沒辦法走過 Hakaw Utux（靈橋）！**」

「你不能碰Ubung喔！」一個學習編織好一段時間的部落姊姊對我說，她的口氣和Bubu說我不能進入應許之地很接近，我說為什麼？她說這是Gaya[1]，男人就是不能碰女生的織布機。

可是好矛盾，我和朋友到另一個部落的時候，有一個Payi想要示範Tminum給我們看，她用很溫柔的口氣說：「來，幫我搬出來，我的腰有點痛！」，有幾秒我愣住了，以為她在叫其他同行的女生，這是太魯閣族的Gaya，身為一個男人的我不能碰她的織布機，所以我也不該彎下腰幫忙把織布機抬出來，我好慌亂，就站在Ubung的旁邊，卻不能幫忙Payi搬動。

Payi把手搭在我的肩膀示意，我的雙手小心地撐住Ubung，學螞蟻的動作輕輕抬，移動幾個腳步再緩慢的放下。

「我碰到Ubung了，我碰到Ubung了……」我在心裡吶喊。

「督……好美喔，你真的可以嫁了！但是Dowriq（菱形）的排列太密集，感覺很像符咒！」Watan把我織完的織帶拿在手上把玩，仔細看完正面和背面下了這個結論。

雖然我不是很喜歡他有時候過於展示輕率的態度，在我們討論任何事物的起頭總是按照慣例先下幾句嘲弄對方的話，但我知道他是真的認同我，認同我也能和Tminum一起。我們會在白石山上開派對，把一件件織好的Qabang拿出來，按照顏色憑著美感放在青翠的草地上，拼成心中的彩虹模樣，我們要坐在Qabang上，拿高腳杯喝保力達三合一（保力達加國農鮮奶加伯朗咖啡）。

「你知道Hagay原來的意思嗎？Hagay是指擁有兩種靈魂的人，分別是男性和女性的靈魂，在過去的部落裡面，Hagay通常扮演巫師，可以與Utux對話。」一個部落的哥哥告訴我和Watan。

我和Watan會當巫師，會和部落一個操作巫術的Payi一樣，念著咒語，轉動手中的竹子，當竹子黏在手上怎麼都甩不掉的時候，神氣地告訴來詢問的人：「你家裡的誰在外面玩女人吼？」「你是不是上山的時候說了難聽的話……」Watan：「我當巫師一定很漂亮，因為你會幫我織傳統服。」

1　Gaya是一組複雜的詞，簡單地來說是規範也是禁忌。

我：「我還不會用Ubung，因為我只能碰跟紐西蘭進口的簡易織帶機，不能用Ubung。」

Watan：「你現在是Hagay了！」

小的時候，我Payi（祖母）還沒去山上種地瓜[2]前，有一次拿出她母親織的衣服讓我看，皎潔的灰白色上一顆顆閃耀的Dowriq，上面好幾個不同形狀的Dowriq，Payi說不知道圖紋的意思，只知道凌晨天還未亮，她的母親就會坐在Ubung前織布，她好幾次被「咚」、「咚」……的撞擊聲吵醒，以前覺得好吵，長大後卻是對母親織布重要的回憶。母親幫家裡的每一個小孩都做了衣服，還留下很多Qabang給她作嫁妝。

Payi看我興奮的眼神，問我要不要穿，我點頭說好，袖套從右手穿到左手，片裙圍在腰際再綁上繽紛毛線纏繞成的腰帶。裙子的長度超過膝蓋，我走起來好彆扭，Payi笑著說好好看，我慢慢地用打結的雙腳走到門口，爸爸和媽媽正好從外面走回來，陽光灑在我的臉上辨識不出他們的表情，我只記得Payi的笑聲和衣服貼在我皮膚上的感覺。

有一天我會真正的觸摸Ubung，和她對話，告訴她我是Hagay，跟她介紹我的男人，我們一起來幫他Tminum，好嗎？

本文獲二〇一五年台灣原住民族文學獎散文組第一名

2 太魯閣族稱人死亡是先回山上種地瓜。

不只要土地，要竹子，還要有人

Payi Raybay現在是我們家族中最老的長輩了。她笑著說我們支亞干部落姓莊的人，Baki Hayu 第二名，她第一名「老」，瞇起來的笑容眼角皺紋說：「原來我們都變成 Rudan（老人）了！」

我的兒時記憶中，住在斜對面的Rabay，總一臉濃妝豔抹，塗上大膽藍色眼影，燙一頭時尚大捲髮，穿上花色洋裝，騎著鮮紅色摩托車經過我身邊，像一陣漂亮的風吹過。

Rabay從北邊另外一個太魯閣族部落——葛督桑嫁來，我的外公也住在同一個部落，但我很少聽她回憶葛督桑，「**嫁過來就是你們莊家的了，結婚殺的豬就是簽約！**」簽了她和支亞干部落的永久合約。

我們姓莊的家族在日治時期集團移住政策下，從北邊的Tkijig[1]部落遷來，Rabay細數她嫁來看過的老人家，集中在支亞干筆直馬路底端的部落住區，老人家的房子在哪裡、現在賣給誰了、他們的小孩去台北還是桃園、他們廚房的高度、客廳裡昏暗的燈光，還有燈光下裡難忘的回憶……

我聽那些故事，才驚訝地發現我們不是單單純純的一個個家庭，這些房子有隱形的力量牽起，像蜘蛛網柔軟又結實的絲絆住彼此，成為一個家族。

清晨六點，陽光還沒有爬上皮膚前，我和兩個弟弟準備好工具要跟Payi Rabay上山。前天Rabay的女兒Emy來我家說想要做竹筒飯，Tama和Bubu二話不說就要我們兄弟三人去幫忙。Emy、E-my、艾——咪……從前就覺得奇怪，雖然在太魯閣族部落裡，每個人的名字越來越跳脫傳統，有中文字的影響而命名，也有因《聖經》中的使徒而命名，但艾咪，艾咪是從哪個邏輯、哪條蜘蛛絲跳脫出來成為Rabay的女兒？

我們騎著機車跟在Rabay的後面往山上去，我們家族的田接近部落南側的Yayung Qicing，早上的風很涼很乾淨，早起的身體覺得舒暢。摩托車轉進產業道路，圍繞著山轉來轉去，Rabay突然把車停下來，指著一塊混雜的青綠色說這是我祖父過去耕種的地，「Tai……buyu kana da!」（你看，現在都是雜草了），Rabay笑著說以前你Baki的田裡都是竹子，長得很大，現在只剩下幾棵，其他被雜草吃掉了。

Tama曾經要我整理他從祖父繼承的土地，山上共四筆，我們開著吉普車去確認，Tama卻在山林裡迷路，他在產業道路和被圍繞的一片綠色中焦急著，好像是這裡？又好像是那裡？……慌張的模樣不是我熟悉的Tama。

Tama當過獄警，後來進鄉公所當公務人員，他坐在辦公室裡，那雙老鷹眼睛，游刃有餘地處理手邊文件，用幽默的族語跟大家解釋，協助許多居民申請老人年金、殘障津貼、造林補助……那些家門口常出現的蔬菜和豬肉，是親戚和村民感謝他的「餽贈」，卻不是從他自己雙手生產出來。

所以他在山上迷路了。

正好我們碰到來種山蘇的鄰居，他們笑著幫忙指認祖父的土地，就像Rabay說的：「Buyu kana da!」，沒有盡頭的雜草雜木。

1 清水斷崖附近的舊部落名稱，位於現今秀林鄉崇德村上方的高山，Tkijig為磐石之意。

從我們的山上看得到家裡紅色的屋頂，也能眺望部落那條最大的溪：「Rangah Qhuni[2]」。我和Bubu不斷說山上好美，我Tama的土地卻破敗著在荒廢，他甚至不確定邊界到哪裡，但是種山蘇的鄰居知道，Payi Rabay也知道。

摩托車停好後，Rabay像少女一樣靈巧地跳過鄉公所興建的水溝，像山羌細長的腿在跳舞，輕快到我都沒注意到她背著過半身的籐籃，裡面有一把鐮刀、一把鋸齒刀和麻布袋。我們學她一樣跳過寬大的水溝，爬一小段斜坡，眼前盡是美麗的青翠綠竹。桂竹細而長，竹節分明，錯落但又似乎有秩序地在Rabay的土地上排列站立。

Rabay分配好我們兄弟三人的位置，從低處往高處，吩咐每個人拿鐮刀清除雜草，像在掃地一樣，身體一路從低處往高處掃。她回憶這塊土地的記憶：「以前山上的地一直都是老人在顧，我到都市工作，以前我只想努力賺錢啊，只想讓家裡過更好的生活，小孩們我都要他們認真念書，念書才能過好生活啊！」

那個濃妝豔抹穿著小碎花洋裝的Rabay在我腦海閃過、Emy（艾咪）這個名字從蜘蛛絲中吐出，還有我Tama 慌張在山裡迷路的表情。

等到家族裡的老人家都去山上種地瓜後，小孩也都長大了，Rabay回到支亞干，綁起大波浪捲髮，戴上工作手套，動手去整理山上的土地。**「土地有生命，會跟你抗議。」**Rabay這樣說，一段時間沒去管理，馬上變成荒野。竹子原先只占據邊界，零星幾株。她花了五、六年整理，將雜草和雜木都砍掉，竹子從邊界長回來，變成現在一片茂密的樣子。

「竹子很有用呢，可以做竹筒飯、可以蓋房子，可以編織，還能做掃把，土地就是這樣，它能給你的，要會去使用。」我好喜歡Rabay說這段話的口氣，帶一種無法形容的自信。

家族散去，但是Rabay對土地的記憶一直都在，清水溪右岸的Qicing[3]和Sipaw[4]，由一條產業道路切割，一塊塊曾耕作的歷史。她說老人四點就起床，帶著食物走上山，過去沒有產業道路，不像現在之字形幾乎盤繞整個山的表面，他們都走一條直直地從山下往山上的水道，下大雨的時候路讓給水走，平常的時候水和人一起

2 支亞干溪又名Rangah Qhuni，中譯為打開的樹洞，形容河道突然開闊就像打開的樹洞一般。
3 支亞干地名，太陽照不到的地方。
4 支亞干地名，河的對岸。

用。水道兩旁還有老人用雙手堆疊的Qdrux（石牆），緊密又結實，青苔從石縫間長出來，牢固地攀附泥土。

老人爬上山後先煮飯吃早餐，吃完就工作，一直做到太陽離開後，就在山裡的工寮煮晚餐，吃完下山回到家裡只剩睡覺，一天大部分的時間都在山林裡度過。

Tutu hlama（竹筒飯）的竹子須經過挑選，過老不行，Rabay說以前老人家也會用，但是老竹皮太厚，得用刀子削薄。選竹同時會考慮粗細和竹節的長度，太粗太細煮出來的飯不好吃，竹節過長過短都可能增加接下來鋸竹子的時間，所以選年輕，竹節又差不多長度的竹子可以省下許多力。

我喜歡砍竹子的過程，砍的時候不是連根拔起，而是從底部往上看竹節，選定適合的長度才下手。砍斷之後先把竹子高高撐起，眼睛要找把竹子拖下來的路，像在過迷宮遊戲，躲過其他竹子的糾結，順利地拉一個斜角，用鐮刀把枝節和頂部不需要的地方砍下，再拖到適合的地方去鋸。

在山上鋸竹很不容易，身體必須找到支撐點，才能順利使力把竹節一枝枝鋸斷，Rabay帶我們找一處倒下的大樹作為鋸竹的地方，我們兄弟將鋸好的竹子砍完後，裝進麻布袋，小心翼翼地扛下山。一連串的身體動作都具體回應手上的鋸刀、土地的坡度、倒下的大樹、身體的姿勢，還有Rabay說的故事。

竹子拿回來後用鋼刷清洗表面汙垢，鋼刷刷在竹子上，竹子撞擊臉盆發出聲音。刷洗完後就填裝糯米，Emy前一天將糯米泡軟，糯米全部倒進大臉盆後用碗盛起裝進竹子，大約八、九分滿，水和糯米同高，填裝得同時晃動竹子敲擊鋼盆，讓米結實地塞滿竹子。

全部填裝完，Rabay很有技巧地把竹子一一立在鍋子裡再拿去蒸，蒸的時間約一小時，鍋蓋打開後，竹筒裡面的飯冒出洞口，呈現可口的一片白。Rabay揀出最粗的那枝，敲出竹子裡的白飯要我們試吃，糯米融化在舌頭前包覆一層竹子的清香味，嚼幾口後從齒間蔓延出來，不只是竹筒飯，還有我們一起砍竹、鋸竹、聽故事的味道。

確定熟了後就要包葉，Rabay這次用檸檬葉，前一晚她已經清洗並用熱水煮過，她驕傲地說除了檸檬葉，也可以用月桃葉、橘子或柳丁葉來添增香氣。她和Emy不喜歡其他族人用塑膠套和橡皮筋封住竹筒飯，我心裡則竊喜這是我們家族做竹筒飯的特色。竹筒飯整齊排列在桌上後，就開始分裝，Rabay讓我們帶一大袋，叮嚀要去分給哪些親戚。

我想起Bubu跟我說的那個故事，我還很小的時候，家族中有一個Baki獨自住在一間小小的日式木造房，Baki的女人過世後，他也開始生病，整天躺在昏暗的客廳裡看電視，晚輩們帶食物過去，也常陪他聊天。

有一天，大家一起做好了竹筒飯，Rabay帶著竹筒飯推開低矮房門，昏暗的燈光下兩隻腳在Rabay水平的視線前搖晃，她把竹筒飯放在地板上，輕輕地把門關起，回頭告訴大家，Baki已經去山上陪老婆種地瓜了……

竹筒飯不只是一種食物，一種可以辨識的味覺，也好似一連串的關係，依附土地，依附在我們家族中每一個房子，我們的故事在每個人片段的回憶和不斷衍生的親屬關係中生長在支亞干。

就像Payi Rabay說的：「做竹筒飯不只要土地，要竹子，更要有人。」

本文獲二〇一六年台灣原住民族文學獎散文組第三名

打獵，第一晚

我終於知道為什麼Taki叔叔每次脫掉雨鞋就會傳來尖銳的惡臭，也終於知道為什麼隔壁的Baki Pisaw在回憶我的祖父Lowking時，總喜歡強調的那個畫面：Lowking一下山雨鞋都沒脫就累到直接睡在門口（Pisaw說他有喝酒，但我會刻意忽略）。

我們約了八點半從Watan家出門，我緊張的心情很難按捺，Watan事前要我買檳榔和咖啡，還有在山上肚子餓要吃的東西，結果我塞了一包張君雅。我下車的時候，Watan在門口的圍牆上點了一根菸，煙冉冉燒，旁邊還有一顆檳榔和一杯米酒，我說這是給誰的？他回我要給Baki（這裡指Watan家已過世的男性祖先）。

Watan和他的爸爸Jihung事先幫我買好探照燈，在他們的院子，Jihung要我先把探照燈試著戴在頭上，調整到自己最舒適的位置，我手在發抖，緊張地調整，幾個小時後，我才理解調整到舒適位置的意思。長時間把探照燈套在頭上，用力找獵物眼睛的我的眼力，還有肩背上的重量，加速腦壓累積，調不好整趟不舒服，有幾次，戴得累了，索性取下來。

我們原來預計可以開著吉普車順利抵達Ulay（二子山溫泉），但車子開過安靜的部落住區，轉進廢棄檢查哨，再下降到支亞干溪，卻發現河道又變了。尖銳石頭布滿在採礦道路上，七月颱風來襲後就沒有機會上山，山路有兩處大崩塌，退導會前還被水流刻出一條深深的紋路。

開入河床發現沒辦法繼續開，**Jihung**說我們走路好了，走到十一點再下山，**Watan**把檳榔和長壽菸擺在石頭上，煙再度飄出白色形狀。填裝好子彈後，**Jihung**嘴裡說一些話，邊說邊把米酒灑在附近，也倒了一些在手掌再抹在槍上。他的祭詞大略是我們要上山了，請Utux保佑我們多打到一些獵物。

我從來沒有在晚上進來過支亞干溪，那天的星星美到一顆顆像爆米花從黑色布幕跳出來，探照燈的光線好強，可以從河的一邊照射到對面的山，月光下，**Jihung**走在最前面，**Watan**在中間，我跟在最後面。

有時候Jihung把槍橫架在肩上，像《大話西遊》的周星馳，我看著Watan的背影心裡簇生感動，多少國中生還會想跟著長輩上山學習打獵，多少長輩會帶自己家的小孩上山打獵。

槍跟一個人差不多高，每次只能射擊一發，填裝子彈的時間約五分鐘。Jihung說土製獵槍的製作是他爸爸教的，現在很多人用喜得丁，但除了被抓到後，使用喜得丁的判刑較高之外，喜得丁的射程較近，攻擊範圍又小，獵物很可能只打到四肢又跑走；土製獵槍射程較遠，攻擊範圍又大。我問槍的長度快跟人一樣高，上山不會很不方便嗎？不會不方便呀，習慣了，父子倆回應著。

支亞干溪真的很厲害，原來五月鋪好的採礦大道幾乎被淹沒，有些地方砂石堆積高過三層樓。走著走著，Jihung突然繞進旁邊的小徑，我們跟著進去，採礦大道我去年到今年至少也走了七、八次，從沒發現旁邊有路可以鑽進去，但Jihung知道，多半那些獵人都知道。

探照燈照過一片覷黑，投影出一棵棵垂直的樹枝形狀，Jihung把腳步放慢，Watan也跟著放慢，我看著他倆也跟著放慢。突然黃色探照燈投射出一個像狗的影子，我的腎上腺素飆高，血液頓時沸騰，那是一隻活生生的Pada（山羌），除了餐桌上熟悉的味道，Pada用另外一種我從來沒見過的形態存在我的視線前。

「崩……」土製獵槍在黑暗中閃出火花，轟烈的巨響在耳邊鳴起，Jihung要我和Watan上前捉住Pada，子彈射穿牠的腳，Pada發出像小狗一樣的撒嬌聲，Watan把Pada壓在地上，用童軍繩綑綁雙腳，Jihung上前說繩子不是這樣綁，又綁了一次。我壓抑好的情緒定睛看到Pada堅定的眼神，牠不像狗一樣當人類不斷注視會避開，而是冷淡又穩定地往某個方向看，那一個時刻，我相信牠是Utux給我們的，牠躲不開，牠是菸酒和說話交換來的禮物。

我們沿著打開的樹洞（支亞干溪）往山上走，對岸傳來探照燈的光線，Jihung說有人走過，我們就往Silung Watan（青昌溪）走去。

曾經和友人為了走到二子山橫渡支亞干溪，我們在水裡滾了一圈弄得全身狼狽，心理的恐懼還存在身體的記憶中。晚上要渡河更是加劇可怕的氣氛，Jihung牽我的手，我牽Watan的手，Jihung說身體要轉側面渡河，河水的高度滿到腰身時，膽怯再度爬滿全身。Jihung說還要過去嗎？我猶豫地不敢回答，Watan說好像太急了，我們又回岸上，Jihung又問還要去嗎？還是我們回家了？Watan發出堅定的聲音說我們再找路過去嘛！他爸爸笑著帶我們又往下游的方向走，選了另一處河水沒那麼湍急的地方順利渡河。

不一會兒，一隻Rapit（飛鼠）出現在眼前，原來牠在喝水，看到人後就跑離岸邊往樹林去，Jihung開始奔跑，我和Watan也拔起腳步奔跑。那一刻，我被自己的身體嚇到，昏暗的天空下，滿是石頭的河谷，還有肩上沉重的獵物全部消失，速度就像在國小操場上自在奔跑一樣，我越來越相信我們祖先留下的血液一直都在。很順利地，我們又打到兩隻Rapit和一隻Pada。Pada裝進背籃的時候還有呼吸，我的背感受牠的溫度，密合地貼著又漸漸流失，靈魂也逐漸地離開。Jihung說你運氣很好呢……

下山的時候兩點多，我們開始處理獵獲，才剛剛感受到活生生的Pada和Rapit，緊貼背後留下的溫度，下一刻，我們用火槍燒毛，用烤肉夾把毛刮開，再用開山刀支解身體。Watan的媽媽盛了一大碗的雞肉湯給我喝，我咬著鮮嫩的放山雞，胃開始轉圈圈，浮現想吐的感覺，努力隱忍下來，我不想在獵人前示弱自己無法見血光，更不希望觸犯Gaya，在辛苦得來的獵物前不能有不禮貌的舉動。

我帶著半隻Pada回去，吉普車開過支亞干大道回到家，脫下雨鞋身體好累，情緒卻亢奮。認真意識這次的經歷，濃厚腳臭味打斷自我沉溺。下一次，什麼時候，還想再去，想學習打獵，不是因為殺生的快感，而是整個過程讓我意識到，我正在認識自己生長的這片土地，連結自身存在和祖靈的關係，那是神聖的，一種難以形容的感動。

Ulay——二子山溫泉

我在深覷的黑夜中和Jihung走過湍急溪水，和Beyking多次渡過我們很強悍的支亞干溪，也曾獨自踏過清水溪，提著獵槍找獵物。那些跨越溪水的回憶，每次都不禁讓我重新省思自己和支亞干。我長在支亞干，把自己比喻為土地上的作物，一種扎根於此，一種被涵養於此，越來越強壯的想像。

回鄉已屆五年，若提起一開始回鄉最大的震撼與感動，那就是肉體。除了因為務農和想學習打獵的關係，逼迫自己的體重從白淨漂亮的五十五公斤，上升至現在的七十七，我希望扛更重的東西，我希望肌耐力越來越好，不知不覺長得越來越像個野蠻大叔。

更直覺的感受是汗水。

雖然從小生長於支亞干，卻從不曾真正親近過土地。我的Tama和Bubu生活的年代，務農帶來的新台幣匱乏讓他們不願回頭，出社會後渴望晉升中產階級。Bubu拉保險做直銷，每天打扮得亮麗又浮誇。Tama擔任公務員，再熱的豔陽天，也一定穿著西裝襯衫搭皮鞋，抹上髮油讓頭髮驕傲地站起來。

我並非評斷Tama和Bubu的生活選擇及價值嚮往，某個層面我甚至感激他們對我的養育。我們從小被嚴格規定好好念書，Bubu每天盯著我們寫作業，安排一天背誦一節《聖經》經文，出版推銷員走進家裡，就下訂一堆課外讀物擺在書櫃。《聖經》和課外的故事培養我對閱讀的樂趣，進一步發展成寫作的熱忱，我快意吸收各種知識，直到順利碩士畢業。當面臨工作選擇時，卻禁不住回頭問自己究竟學了什麼，熟知的事物中為何總是缺乏自己的家鄉？

遠離土地，導致我從小缺乏許多學習傳統技藝與記憶的機會，當同學興奮地說自己和爸爸或阿公上山打獵，我卻還在懷疑山羌到底是不是小鹿斑比；當同學說去山上接山水時，我卻以為不就是開個水龍頭，讓水流出嗎？當大家幫忙剝花生殼賺零用錢時，才驚覺自己每一次參與村落舉辦的趣味競賽，總是最後一個把花生剝完。

想回鄉的念頭在心裡不斷打轉，想成為部落人的意念貫徹自己回家後的行動。我積極加入社區發展協會，和一群夥伴討論及執行各種社區計畫，部落文史、社區意識凝聚、環境永續……各種能套上當代專業名詞的背後，著實僅是「生活」兩個字罷了。

因為協會的各項業務推展，我頻繁地訪談老人家，迷戀上山的感覺。「做」是抽象也是具體的概念，做的本質是流汗，搭工寮、牽水管、爬山背獵物，身體五官在流汗的過程中被放大，那種文字和書本不曾給的體驗，像刀子在心中刻下凹槽。

Lnglungan，心，太魯閣族語。做了之後回到族語邏輯中，好像才真正找到出口，做了之後嘗試凝結意念，堅立為何而做的想法，反覆地來回打造出自己就喜歡，就應該生長在打開的樹洞——支亞干。

日本統治台灣前，太魯閣族人的領域自木瓜溪往南拓展，來到支亞干溪，初期祖先看中Ulay，中上游一處野溪溫泉。這裡附近有許多獵徑，可以通往各個山區，同時獵物豐盛，足夠養活整個家族的蛋白質。於是他們先在Ulay搭建工寮，隨後舉家慢慢地遷徙至打開的樹洞——**Rangah Qhuni**。

但此時這塊土地仍屬於賽德克族的領域，兩族相爭，戰鬥的位置就在現在青昌溪上方，我們稱為**Krumuhan**（交戰之地）的地方，那裡是古戰場。當年的戰爭，Utux取走許多靈魂，於是經過此地的獵人都得小心翼翼，害怕招惹亡靈。

在人類學家田野調查文獻上讀過的文字，加上自己詢問部落的Baki和Payi，拼湊出我對Ulay的特別情感。那裡是我們祖先進入支亞干的前哨站，是某種型態的舊部落，支亞干的起源，是我上山的依歸。

事實上身體也如此，二〇一六年至二〇一八年，數次涉水到Ulay，最快來回路程六小時。非雨季上去Ulay，變成一種自己想像身為支亞干勇士的象徵，這並非一種山野征服的獵奇感，而是那個地方集聚部落族人對山上的共通意念——我們祖先居住過的地方，支亞干的起源。

在這麼多次上去Ulay的旅程中，最難忘的有兩次。

有一次，舅舅和表弟表妹說好去Ulay，前一天他們紮營在溪邊，我因為協會的工作無法跟上出發的時間，說好隔天早上自己上山會合。輕裝上山又加上自己行動，速度很快也自在。背簍裡除了簡單的乾糧，只有一把開山刀，一把鐮刀、一把鋸齒刀和繩子，這些是我數次去Ulay的經驗，上山渡河或生火的必要工具。

先前密切走過這條路，熟悉到腳該踏哪顆石頭，哪邊的水花散開比較好渡水。沒多久順利走到Ulay，舅舅拿出前天晚上打的山羊肉，表妹調配得意的「米蔓」——米酒加蔓越莓，靈魂瀰漫於山林之意。

在Ulay快意地吃肉喝酒，一不小心喝得太多，因為隔天還有工作一定得下山，就不在乎米蔓的威力獨自離開他們。

雙腳走到半路，累得抬不起來，眼睛好想閉上，享受春天陽光烘曬溪旁岩石的溫暖。身體無法控制地躺在岩石上，腦袋不斷做夢。那時我喜歡一個部落的妹妹，跟他告白後被理智拒絕，他只當我是哥哥，枉費送這麼多山肉給他們家的一片痴心，我在河邊不斷囈語：「我哪裡不好！」

兩三個小時過去，皮膚被緩慢下降的溫度冷醒，天色接近傍晚，再暗下去恐怕無法順利找到渡河點，恐怕也要被這片凶猛溪水吃掉。最後即使順利下山，但那次酒精的恣意，讓自己錯亂於失戀的情緒，以及山水的撫慰，讓我終身難忘。

另一次是跟著Beyking。那時Beyking擔任村長，幾天後礦業公司要來部落開說明會，預備沿著支亞干溪開啟採礦事業。他組織部落族人一同抗議，但同時害怕對方來勢洶洶，準備那些專業的分析調查說服族人，於是他跟我約好親自走一趟，把山上破碎及脆弱的地形記錄起來，當成鐵證。

上山的時間接近十二月中，還未完全脫離雨季，水勢不小，但他過水像坦克車，沒有猶豫地腳踏穩直直衝過去，好幾次兩人差點在水中翻滾。他不斷地說要有信心，我說本來很害怕，走到後來就不怕了。看著他堅定的背影和踏實的腳步，讓我不再恐懼。

他用族語說要懂得尊重水流的速度，水要把你衝到哪個方向，順著它一些，跌倒沒什麼，喝幾口水沒什麼，重點倒了再爬起來就好。下山時，我們因為快速的水流沖斷雙腳，兩人在水裡翻滾，我緊張地伸出手抓住他，他竟然哈哈大笑起來，我也跟著笑不停。

跟了他幾年的登山鞋，爬到半路腳墊全部刮飛，他說：「Ungat gupun na da」（沒有牙齒了），好幾次跌跌撞撞，從石頭上不斷滑倒，我說怎麼辦，他說不要想那些有的沒的，心裡只要想著目的地就好。當Elug Utux[1]越來越明顯的時候，他拿出手機拍下來說要給女兒看，她很喜歡看這個……

三個小時不到，我們抵達Ulay，途經大檜溪和支亞干溪交叉口，就是即將申請展延及開路的礦業用地，陡峭的山壁一片光禿禿的白色，還有四周嚴重的崩塌，他要我把照片全部拍下來。

我記得那次跟著他的腳步，看著他的背影偷偷流眼淚，看著年過半百的長輩，這麼努力地想要守護部落的土地，心裡感動難以形容。

抵達Ulay的時候，心裡真的好暢快，綠色的、黃色的、紅色的水，河流冒出緩慢的煙，腳踏進去好舒服。Ulay從文字和老人的口中跳出，變成我生活的一部分，我享受每一滴在Ulay蒸發的汗水，連帶著長在支亞干的情緒，化為生命最難忘的旅程。

1 鬼走的路，漢人稱呼針山。

Yayung Qicing——清水溪

我的家住在支亞干部落第五組，第五組是日治時期的行政分類，依照現今的行政區分，大致為西林村的十一及十二鄰。這裡是支亞干部落的尾端，相對「上面的家戶」（我們依照地勢稱呼前幾鄰為上面），家族相對稀少，人口沒那麼多，房屋空間也就相對寬敞舒適。

我很喜歡第五組，除了遠離支亞干大道的西門町區，環境相對安靜外，更離Yayung Qicing很近，Yayung是河流，Qicing是陽光照不到，山陰之意，漢名為清水溪。也許清水溪太好讀，反而部落許多人不記得它原來的名字。

清水溪是部落最受歡迎的戲水場地，我從小在這裡長大，每年暑假，我和哥哥每天必來清水溪報到。那時小孩子生活娛樂不多，沒有網路也不沉迷電視，每天去河邊戲水是我們最大的樂趣。

清水溪從下游至上游，每一個形成深潭處，適合游泳的地方，被我們命名為第〇關、第一關至第N關。第〇關在清水橋下面，第一關在納骨塔對面，小的時候這兩關還算名符其實的戲水區，但隨著水利署與鄉公所的河道水泥化，及邊坡防護工程，再加上上游取水建水圳，抽換溪流往鳳林鎮灌溉，導致這兩關逐漸乾枯，唯有第二關依舊水量豐沛，至今仍受大家的歡迎。

支亞干有很多適合遊憩的景點，清水溪絕對是第一名，尤其第二關，這裡有遮蔽炙熱陽光的樹林，能攀岩跳水也能穿越水洞，是大家夏季烤肉玩水的最佳去處。

第二關是我學會游泳的地方，有我兒時數不盡的各種回憶。那個年代，大人們總喜歡把不會游泳的我們往水裡丟，待孩童在水裡掙扎接近溺斃，再把我們撈起來。喘息一陣子後，又再次被扔進水裡，如此反覆訓練，讓小朋友熟悉水域，也漸漸學會游泳。現在回想如果外地人看到，可能以為大家在集體虐待兒童吧。

從前除了第二關，男孩們也以到過最多關為傲，炫耀自己到過更上游的第N關，那一關的樣貌如何，河水切分巨石，形成瀑布或滑水道。有一年夏天，我跟著兩個哥哥一起探險，從第二關往上走，踩過長滿青苔的石頭，爬過一處處峭壁，沒路就跳進河裡往上游。

我們停駐在第五關，河道橫斷為一條長方形小瀑布，高度約二米，下方形成深潭，雖不及第二關範圍廣闊，但連綿的瀑布很壯觀，像極一抹捲起的白雲，水霧濺起彩色的倒影。二哥注意山壁上閃閃發光，一開始以為是蛇的眼睛，仔細看卻不像，像黑色的鏡子閃耀光芒。我們爬上山壁，凹陷處滿是黑色水晶，我們大叫，隨著從水裡撈出石頭去敲，撞下好幾顆放進口袋。

帶著滿滿的收穫下山，連續攀爬導致身體疲憊，注意力不自覺下降。走到一個斷崖處，沒注意水裡綠色青苔搖擺，用力踩踏後，重心不穩跌落水中，水勢其實不急，但慌張的我任憑身體被水沖往斷崖處，下半身已經懸空，上半身卻本能地牢牢依附著石壁。二哥趕緊俯身衝來，用力把我拉出懸崖，嚇到靈魂飛走的我，蹲坐在水裡久久不能動……

回鄉後，Yayung Qicing的河水在我心裡流得更深刻，不只山腳下的溪流，溪流上方的山上，也因某個Baki的邀約而逐漸被打開。

有一天早上，餐桌上Tama說附近的Baki有抓到山豬，他想煮給Bubu吃，就要我過去跟他買山豬肉。Baki打開冰櫃，嘴裡哼著歌，好像心情很漂亮，他說這幾天收穫很好，三天前抓一隻山羌，昨天又抓到一隻山豬，五斤五斤裝一袋，冰櫃滿是祖靈給的禮物。我抓緊機會問Baki什麼時候帶我去山上，他說現在呢，我說不行，等等要去上班，那就明天早上五點吧，到我工寮來。

隔天清晨，Baki騎著野狼125，我騎著機車跟在後面，五隻土狗興奮跟在一旁，四隻粗壯的小腿，一起跑過支亞干大道到清水溪，穿過第一條支流，Baki說前幾天水快到腰，但他還是努力撐過去，今天水流依舊，但深度僅及膝蓋。

五隻狗都有名字，Baki一一唱名，我只記得四隻：Qoru、Kuma、Biyung、Qowlic。翻成中文分別為球、熊、比用和老鼠，他們在森林中竄動，發覺異狀就全衝上來，呼喚主人。

走到一半，狗群狂吠，Baki嘗試加快腳步，但速度並不快，他沿路不斷說肩膀受傷沒有力，反覆回頭對我說自己走得比較慢，我隨意回答沒關係，反正我不在乎，只要能踏實地走進山林，知道自己要來做什麼，而不是自己慢慢摸索，迷失在一片綠色中，就讓我感到滿足。

Baki要我抬頭看，樹上滿滿的獼猴在跳舞，Baki看了很久說走吧，我問他怎麼不打，他說現在太瘦，等到七、八月夠肥再說。

獵徑呈現一個圓，進入山林後，遇到分叉點往右向上爬，下山則會回到左邊的入口。他說今天走左邊，因為右邊的路前幾天走過了，Hanbun，日語的一半，已經看過一半了。

這條獵徑寬度不小，都是鐮刀砍出來。Baki沿著主要獵徑，延伸出一條條小徑擺放陷阱，每到一個陷阱旁，就把狗綁在當地，逕自鑽進樹叢。黑色的Qowlic發出哀鳴，要主人鬆開繩索帶著他，Baki回頭拿拐杖揍他，嚇得他尾巴縮緊，伴著我一起安靜等待。山路盡頭將近，本以為不會有收穫，卻在最後的陷阱發現一隻山豬。Baki大叫我快點來，看清楚山豬的腳確實被鋼索套住，才放狗去咬。

獵狗圍繞著山豬，弄到他筋疲力盡，沒有力氣閃躲子彈後，獵槍發出一聲巨響。

Baki問我要不要背，我興奮說要，六十多斤的體重背在身上好爽，山豬有一種腥味，聞起來刺鼻，肩膀肉被背帶深深地壓出暗紅色，膝蓋和腳掌慢慢調整步伐踩下山，我在濕滑的獵徑滑倒一次，Baki回頭看我也沒多說什麼。下山後，他分了我該得的那一份，Bubu又多了幾餐鮮嫩的山豬肉。

即使現在Baki因為身體不適無法上山，獵場也讓渡給孩子去管理，我沒有機會再跟著他去巡那塊山，我仍然感激那一段時間，他帶著我去認識Yayung Qicing。

每回沐浴在冰涼的溪水中，抬頭望著遠處不見頂的山壁，總想起那段跟著Baki上山巡邏的經驗，他的話像溪水不斷地往下游流動，「你第一次走進來會覺得這裡很遠，多走幾次你就會覺得很近。」我把頭沉入水中，看著河底的魚蝦竄動，滿足地吞吐這片山帶給我的滿滿記憶。

Takaday——巨人的腳印

第一次逃家是我國小四年級，那天二哥把我揍得很慘。原因不記得，多半是兩個哥哥耍賴，要我在家裡照顧兩個弟弟。

五弟那時候幼幼班，個頭嬌小，卻擅長動身體。幼稚園來國小操場賽跑，他總是跑第一，也總是跑第一個黏著我。我跟同學去找蝸牛，我騎單車去隔壁村買綠豆冰，我賴在床上讀小說……「我也要去」、「陪我玩」、「哥哥我也要」……五弟像小狗，風吹草動，我起身他就趕緊穿鞋子，我躺下他就湊著我的肩膀。

六弟那時候還是個小Baby，頭顱占去身體的二分之一，會爬會叫更會黏人。剛出生時趁爸媽沒注意，覺得他太可愛就抱了半天。從此六弟迷戀被擁抱的感覺，不抱就扯喉嚨哭。我偷抽香菸抱著他，騎單車面對面抱著他，掰開他的雙腳跨在雙腿上，左右上下擺動，六弟雙手死命鎖住我的喉結，從山上飆到山下，他是一隻安靜不動的無尾熊。

「所以你最適合照顧他們！」大哥和二哥異口同聲。

那天國小返校日，跟同學約好打掃完去清水溪游泳，回到家兩個哥哥把弟弟們丟給我。中間本身是種錯誤，中間不上不下，缺乏絕對的權力，也缺乏絕對的照顧。兩個哥哥，兩個弟弟，各自形成小團體，我卡在中間擺盪。

我決定反抗，如往常被揍了一頓，兩人踩著腳踏車不見人影，留下我和弟弟們。

我們家後面有一座連綿的平台山，族語叫Takaday，從日語たかだい變音而來，Takaday的大腿望上去像一座梯型金字塔，大型溜滑梯的大腿，陡峭卻看得到盡頭。

有一段時間山坡上種檳榔，我們一夥小朋友上山去玩，每個人撿乾枯又厚實的檳榔葉，一路爬到山頂。坡度很大，彎著身軀，手腳並用，還得隨時注意檳榔葉會不會溜出手掌心。好不容易爬到頂端已滿身大汗，屁股壓著檳榔鞘，從山頂溜下來，這是我們的滑水道，也是雲霄飛車。

整座山充斥歡笑聲，上上下下，緊抓檳榔葉的頭，控制方向，躲避斜坡上種植整齊的檳榔樹，躲避突然聳出的大石頭，追上體重比我輕的夥伴。滑到檳榔鞘磨出髮絲，越來越薄，趕緊再找一條繼續溜。

小時的山對我來說正如此，一座沒有邊境的遊樂場，每一次從山頂衝到山下，是因為辛苦流汗，才能如此爽快。

也是國小四年級開始，我們的邊界不再僅限於Takaday的大腿，拓展到他的頭頂。體育老師是初代師專培養的體育生，曾經參與過十項全能競賽，即使來不及參與他的過往，部落族人也能用嘴把他拉回當代。他曾代表萬榮鄉參與各種田徑競賽，並順理成章成為國小教師。他的父親來自巴托諾夫部落，Btunux，岩石，他的心也跟岩石一樣硬。

每次體育課，岩石老師要我們在操場熱身十分鐘，接著跑出校門，穿過支亞干大道，繞進學校對面的產業道路。老師發動機車引擎，嘴裡叼根菸，尾隨後方，時不時按按喇叭，快一點快一點，吐一口檳榔汁，催促我們不能落後他的時數二十公里。好幾次，幾個同學累到大口喘氣，腳步凌亂，岩石老師加速按喇叭的頻率，再吐一口濃濃的長壽菸。無論男女，我們是一群被驅趕的小鴨，順著機車的黑煙排氣往上跑，一路跑到Takaday的頭頂。

產業道路林相豐富，梧桐樹最多，一棵棵粗壯得遮蔽天空，跑到較為緩坡的地方，茂密的玉米田搖晃長葉，農人彎著腰除草。偶然一個迴頭彎，遠眺整個部落和支亞干溪，溪水沉靜得像一棵大樹，全然忘記接近它時的波濤洶湧，還有石頭撞擊石頭的聲音。

我認得出我家，紅色加蓋鐵皮屋頂，小小的樂高積木。道路用尺畫出來，從第一鄰延伸至十二鄰，牛車駛過，片片黃金落地，一顆顆鼻屎大小。原來山上這麼平緩，這麼寬大；原來山能讓眼睛看得更多，看得更遠。這些難忘又美麗的風景，隨著整身惡臭的汗，深刻記憶在心裡。

長得更大一些，聽到岩石老師的媽媽說：「Takaday為什麼會這麼平，就是曾經有巨人踩過，山被踏出一塊平緩的高台，留下平坦的腳印。隨後有一群小黑人入住，他們擅長巫術，法力高強，最後不知道什麼原因卻離開了。他們生前使用的鋤頭、鐮刀、項鍊和碗筷，全部埋在泥土裡，連帶他們的屍體，也都在山裡面。所以我們種田的時候，一直撿到他們的東西。」

我其實沒辦法詳細記住Payi說的一字一句，上面那段話八成被修飾並重組過，她說故事的時候令我留戀：我被挑動的情緒，我被剎那閃過的雙眼，還有她出口就是真理的自信，這塊從小到大生活的地方原來有故事，故事可以由我們自己說，但故事說出來得有人聽。

Takaday在日治時期就有人類學家進來，他們發現此處出土大量玉製器具，號稱全東亞最大的史前製玉遺跡——「平林遺址」，Takaday的第二個名字。平林是日本政府取的名字，指的是支亞干部落和鄰近的鳳林鎮林榮里，一百多年前，這裡雖然地勢平坦，卻鮮少人居住，山腳下滿是樹林，因而稱為平林。我們太魯閣族遷徙至支亞干時，不願開墾平地，高山才是我們的家，紛紛居住在鄰近的山區，直到一九三〇年代才被日本政府遷徙至山腳下，因此即使現在大家的房子都在平地，大量的傳統地名，卻出現在山上。

近幾十年，中研院和考古學者不斷進入，初期農人們歡迎學者進到土地挖坑和撿「石頭」，到了二〇一〇年，地主紛紛收到一紙公文，Takaday設定為縣定遺址，土地被限制五十公分以下不得開挖，蓋房子或大興土木，除了原來的水土保持法、建築法，現在還要加上文資法，一種受騙的感覺油然而升。

從此之後，各種言論四起，即使縣政府從沒說要「徵收」土地，但只要官方召開說明會或協調會，總會受到族人大張旗鼓地說我們不賣土地。就連會議的簽到簿也沒人願意簽，起因在學者調查時，請地主簽署願意接受研究挖掘的同意書，大部分的居民均為不識字的農民，他們看著和藹可親的老師帶著年輕學生進來挖石頭，卻沒被告知研究後的結果竟是如此沉重，於是「不簽名」變成積極的抵抗行為，不簽名代表我不同意，不簽名代表我不賣土地。

這幾年，我因為在社區發展協會工作的身分，逐漸了解事件的脈絡，同時認識支亞干遺址（一〇八年更名），理解族人在遺址設立初期時的不信任、不安及氣憤，但同時也因土地下珍貴的資產而感動。文字無法記載的過去，在我們祖先幸運選擇的土地中，留下撼人的歷史。

Payi說的巨人腳印，小黑人的足跡，是我們對Takaday的詮釋，但這個傳說的具體化，卻無法僅仰賴我們薄弱的口傳，需要更多的專業一同協力，如果連自己的土地都不認識，又如何做土地的主人。

那一天被二哥揍一頓，我帶了鍋子、打火機、米半包、鹽巴一包還有鐮刀上山，夜晚來臨前，爬到Takaday的大腿，大腿長出濃密的腿毛，那時候檳榔樹被砍光光，盡是混亂的雜木和藤蔓。我用鐮刀砍出一條小路，坐在一棵大樹下流淚，委屈自己怎麼總是扮演中間那道搖擺的牆，天色漸黑，遠處雞寮的雞在嚎叫，許多家戶點起燈，蚊子不斷吸我血，吸到眼淚乾涸，我突然想念兩個弟弟，哥哥回家了沒，五弟是不是找不到人在哭，六弟有沒有人抱。

我爬下山，趁著沒人注意把離家出走的工具塞回原位，抱著六弟止住他的哭聲，陪著五弟玩誰先睡著的遊戲。

如果我知道Takaday的故事了，想找個會聽故事的人，如果巨人的腳印踩過這裡，那接下來就是我們的腳印了。

Alang Skadang——砂卡噹部落

位於秀林鄉富世村的Skadang[1]及Huhus[2]部落，是少數日治時期未被遷徙的太魯閣族聚落，數年前寫論文時，逐漸熟悉自己的族群歷史，才真正了解現居淺山及平地的太魯閣族，全部都是新的移居地，更是經過離散再重新組合的新部落。

舊部落在哪裡？我們的根在哪裡？這些疑問曾經一直困擾著我。

偶然的機會，修習一門東華大學開設的族語課，每個禮拜四跟著室友一起上花蓮市，擠在教室學我們的太魯閣語。族語老師正好來自Skadang，他的名字是日語的夏天——Nac。課程修到一半，我和室友拜訪Skadang，住在Nac的母親Yaya經營的農莊。課程結束後，Nac邀同學再去山上，而我自己第一次上山時，也答應了Yaya，要

1 大同部落，Skadang為臼齒的意思。
2 大禮部落，Huhus為一種樹木。

再回來送自己養的雞和種的玉米，正好表妹也說想爬山，於是三人成行，開始第二次的Skadang之旅。

第一次去Skadang就被那裡的美麗所驚豔，人被美麗的事物吸引很自然，但Skadang和Huhus的美麗在我心裡，存在不同的歷史與生活意義。一九一四年太魯閣戰爭後，我們的祖先在日本政府集團移住的規畫下，幾乎所有部落悉數遷往現今的淺山和平地，唯獨這兩個部落數百年來一直留存至今。習慣現今部落櫛比鱗次的街道，較為擁擠的空間，平緩的地勢，和燈火闌珊的部落地景；舊部落存在一種對過去的想像與嚮往，更難得的是這兩個部落仍舊有人生活，空間與人的關係持續書寫，每一次造訪，也就添增我個人難以梳理的想像及意義。

Tama的部落來自山上的Tkijig，即使現在上去了，恐怕已是難以辨認的荒煙漫草，還有搬家時無法帶走的器具罷了。我們很像斷裂的民族，我從未從Tama口中，聽到他說想認識祖父的故鄉，如果沒有主動詢問，我想Tama也不會開口說出祖父來自何處。記憶與歷史只能由文獻、口述和想像去拼湊。

我在支亞干聽過很多遷徙故事，有個Payi說他們從太魯閣國家公園裡，一路走到新城，再從新城搭火車到林榮，最後走到支亞干。路途遙遠又辛苦，將近百公里，她累到不斷哭泣，她的母親揍她，不准她哭，要她好好走路。這個在太魯閣族中重大的遷徙歷史，距今不過百年，卻主動地被國家和學校隱藏，沒人會告訴你，你得自行積極努力發掘。

我們這次一樣住在Yaya家，這間竹子搭建的房子，她田裡的農作物、山上採照燈下的獵物，還有圍著餐桌聊天的話，真真實實地與Alang Skdang[3]緊密相連，這樣地走回舊部落，增添生活的氣味，不僅是閱讀一本歷史課本，或是單純地嚮往過往而已了。

從太管處的登山口爬進去，挑了族人常走的稜線，直線往流籠頭。許多人戲稱這裡叫龍脊或龍骨，其實滿貼切，山勢陡峭，短短路程，急速上升幾百公尺的高度，就像在龍的背上攀爬。第一次走的時候有些吃力，這次裝了一隻雞和二十根玉米，加上我表妹瘋狂害怕山上餓肚子，又加了白米、罐頭、麵條、餅乾和靈魂之水（米

3 Alang為土地、部落之意，Alang Skadang為砂卡噹部落。

酒）……走到一半快斷氣，小腿不爭氣地不停發抖。

山上的物資很重要，Nac在課堂上曾分享過Yaya的話，如果上山空手而來，就浪費了這次辛苦的路程。課堂上說的話很簡單，實際走一趟卻深刻萬分。

下山遇到一個叔叔背著油桶上來，他說山上割草機沒油，工作到一半只得下山補給，汗濕透他的全身，肩膀在稀疏的陽光照耀下更顯得光亮。

順著陡峭的樓梯再往下，看到一個約莫十幾歲的小妹妹，鮮明的輪廓看起來就像Truku，她大口喘氣，幾乎用跑的往上攀爬，快到手腳分不出來。她手上的塑膠袋裡放了好幾瓶礦泉水，晃來晃去發出撞擊聲。

到了登山口，一個媽媽帶著幾個小孩坐在機車上，她應該跟我一樣，辨認出我的輪廓後，用族語問我有沒有看到背著油桶的男人和拿著塑膠袋的小女孩，我說有，她問他們距離多少，小女孩趕得上嗎？我說大概兩百公尺了，媽媽有點惋惜地說：

「唉，應該趕不上了。」

我在心裡腦補，男人忘記帶的東西，女兒後來趕緊衝上去要給爸爸，多辛苦的一件事情，接近七十度的坡度死命奔跑。

山上的物資很重要，即使是舊部落，卻依然與山下相連，除了流籠，人力搬運是最主要的物資流通方式，空手上山，真正浪費，Yaya的話是山上人生活的真實體悟啊。

傍晚抵達Yaya家，Yaya輕拍我的背說不好意思啦，幹麼背那麼多東西，下次不讓你們來了。聽著她嘴裡的不好意思，卻也能發現一絲微笑，有個年輕人幫她背物資上山，頓時我們好像不是單純的主客關係，我心裡好開心好踏實，總算沒有白白走這一趟辛苦的路。

隔天早上Yaya看著我背的Brunguy（背籃），跟我說Wahug（背帶）綁錯了，我昨天看你背，就覺得好辛苦，你這樣綁會吃肩膀，你有沒有感覺背很痛？我說對啊，籃子和我的背頸有很大的空隙，感覺肩膀一直往下掉，她邊說邊幫我拆掉用麻布袋和尼龍繩做出的Wahug，重新調整。

Yaya的手很粗，一雙勞動的手，我羨慕那樣的手，熟悉的老人手。她快速拆線、重組，調整間距……「你背看看！」背起來果然不一樣，籃子的頂端和脖子平行，伏貼沒空隙，我在Yaya面前裝可愛，跳上跳下說好好背，謝謝你，她笑著用力拍打我，這樣就對了，這樣就對了。

在山上的時間好短，卻過得好慢，大部分的時間我們都在爬山和走路，時間到了就休息吃東西，讓肩膀空著的時間很少。

某個部分我們始終是過客，到了下山的時候，就開始懷念手機網路和平地才吃得到的美食，這樣的念頭始終讓我有罪惡感，我介於觀光客和文化的學習者，在中介的過程中，興奮又反省，開心又難過。

Yaya老是說把這裡當自己家，我大聲說好。但夜晚來臨，她和Nac及女婿Saysang趕著幫我們燒熱水；他們說隨意聊天啊，到了用餐時間，衝進廚房張羅食物。朋友來訪和客人入住的邊界我理不清，自我惱怒如何自處，悠閒地做自己卻又能分擔這些家人的分工合作。若在山下，去友人家，我清楚地知道怎麼用瓦斯噴槍起火，清楚地知道熱水怎麼煮，在這裡我卻陌生得像個廢人。

好在晚上的行獵，又滿足於自己的有用。

Saysang和Nac的哥哥帶我們去巡邏，覷黑中直覺靠頭燈，穿越許久沒砍草的獵徑，小心穿過刺人的芒草和咬人貓，小心走過崩塌的土石堆。獵人的眼睛很厲害，探照燈下的雙眼是重要的標記，本能反應沒有幾秒就辨識出來，我卻還像個嬰兒一樣怎麼看都看不懂。

唯一享受的是回Yaya家，肩膀上沉甸甸的重量。Brunguy壓在腰部，像綁了鉛塊不舒適，些微血液流進下肢，濕濕黏黏一路滑入雨鞋。獵人們回頭問可以嗎？我回答可以可以，沒說的是好爽啊，可以背獵物的感覺真的好爽，可以幫忙的感覺才像個男人。

碩士期間讀過一篇最喜歡的論文，是東華大學族群與文化關係研究所陳永亮的《下星期記得回來》，文章具體內容我大致忘得一乾二淨，但他書寫往返Skadang和Huhus部落的身體感受，卻久久留在我心中，也許我也是這樣吧，好不容易下山，又期待下次的回來。

部落水公司

每一年接近春節，我們簡易自來水委員會的幹部們，就得印製一張張的繳費通知單。這幾年來，繳費單通常由我設計。四年前接任總幹事，製作繳費單時，還會花一點心思。那時候剛回部落，每次看到家中收到的各種會議通知單，心裡總納悶字體怎麼還停留在古代的標楷體，字句隨意排列在白紙上，沒有對稱、頭重腳輕、毫無美感。

四年後，我打開電腦螢幕，不到五分鐘把該標記的文字打上去，幾月幾日前繳費、聯絡人電話、主任委員名稱……確定會員數量後，Ctrl加P，送出列印，全程不到半小時。通知單的存在就是通知，事情必須簡單明瞭，多放一張清水溪的美麗照片，並不會讓拿到通知單的人，恨不得馬上把水費繳出去。

四年前，著實令我困惑的還有另外一件事。明明現在網路發達，人手一機，哪怕是代步車上的Baki和Payi，也會滑一下螢幕，製作長輩圖。再來是部落內建廣播站，任何訊息跟一隻耳朵說，眾人的耳朵都能聽到，如果每個人的耳朵在接收訊息時會發出光芒，收到開會通知單亮紅色，繳費單亮藍色，八卦亮橘色，從外太空看支亞干肯定驚人。

曾經有幾次的經驗，跑到家戶收取水費時，屋主用責難的眼睛和口氣說：「**為什麼沒有先發通知單！**」我當下些微動怒，連著好幾天，你已經看到我手拿厚厚一疊通知單，挨家挨戶收取水費。每天晚上跟你相聚在黑板樹下開會的Payi，前幾天就已繳清十二個月的用水費用，怎麼你還對出現在門口的我感到訝異，沒有邏輯啊。

四年後，我逐漸釐清這邏輯，簡易自來水的繳費通知單、村辦公室的會議通知、協會的活動邀請卡，全部來自「現代國家的制度運作」，即使簡水委員會的營運者是部落人，村長是我們選出來，協會理事長也是隔壁鄰居，背後仍有國家巨人的影子壟罩著，它衍生出複雜的輔導和監督機制，更有明確的主管機關作為各種部落團體的把關者。

以前，我總覺得Kari（言語）在部落就是一種絕對權力，可以逼迫你必須Powda

殺豬，必須堅強像男子漢，必須好好地說太魯閣話。但事實上，只要牽涉現代國家的各種事項，白紙黑字更勝於Kari，真正堅不可摧，它鑲接居民與國家，連結重要的日常公務。

「要來參加開幕活動喔。」……「邀請卡給我。」

「明天晚上七點開會喔！」……「通知單給我。」

「你怎麼沒有來領米？」……「我沒有收到通知單啊。」

我從來沒有聽過：

「等下去唱卡拉OK啊！」……「你沒給我通知單啊。」

「二十五號早上五點殺豬，過來拿豬肉。」……「邀請卡給我。」

「晚上去山上逛夜市啊！」……「好啊，你給我通知單。」

族人們發展出一種有趣的判斷機制，白紙不僅是白紙，白紙是我們進入現代社會的門票；白紙也依舊是白紙，即使用大量美術圖，並且精雕細琢配置文字大小和行距，賦予它意義的，始終是清清楚楚的國字：時間、地點、業務內容，其他添加的都是無用。

發完一輪通知單後，必須再走一輪收取水費，水費收齊後交由出納對帳，接著手工寫出一張張的繳費收據，收據的單子是黃色，上面有繳款人姓名、地址、費用和簡水委員會各幹部的印章，好不容易製作完，再回到馬路上一家一家地發送收據。

事實上，所有人清楚明瞭，收據無法拿去公司報帳或申報個人稅務，簡水委員會的幹部更不可能栽贓你明明給了水費，卻否認你沒繳，這種事打從民國七十幾年設立起就沒有發生過。大家只是模仿走一趟做現代人的旅程，接近年節時分，角色扮演平地的自來水公司和用水戶，用白紙黑字建構部落式的現代關係。

這段關係中，我最喜歡扮演發通知單和收水費的送達員。平地自來水公司的繳費單，郵差扔進郵筒裡就離開，腳都不用踏進去。我們簡水委員會的送達員，門口大聲喊「Ow」之後，就能正大光明打開門走進去，人在就等著出來接過通知單，人不在就放在明顯的桌上或沙發上。

那個時候，我身上包覆一種進出他人住家的權利光芒。發完通知單還能隨便聊天，被詢問要不要一起吃晚餐，窺視他人的家庭生活。這對於平常社交圈單純的我，無疑是一種小確幸，用力刷我生活在支亞干的存在感。

簡水委員會的工作中，收水費是一年當中最重要的，它釐清誰有權力共享水資源，同時也是一種對委員會幹部的認同與否定。

我們走向現代，同時也走向傳統。簡易自來，一點都不簡易。

你那填滿Bhring的槍射向我

機車跟著我十幾年了，行駛在蜿蜒林道上，遇到排水處，路面陡然下降，輪子踩過，Kong、Kong發出破爛聲音。車底好像即將臨盆的孕婦，多走一個凹洞就要卸貨，引擎和馬達流洩滿地。

舅舅在我的背後，雙腳外八像青蛙，跨坐在機車和我的身上。有那麼幾刻我想過，舅舅會不會因為我是Hagay，是同性戀，不願意肢體接觸，以為齷齪的外甥會就此勃起，所以始終我粗壯的大腿感受不到他的雙腳。

好一陣子我們沒見面，透過表妹聯繫舅舅，讓他來協會擔任講師，帶著一群對山不熟悉的人走一趟林道。林道從部落蜿蜒展開，七十年代的時候曾經延伸到60K，如今車子僅能通行到19K，再往裡面就得砍草步行了。

剛回部落的時候，心裡熱切盼望能成為會狩獵的男人，我跟過幾個人一起上山。第一位是大我差不多十歲的哥哥，他身材魁梧，一頭光亮頭皮，平時在桃園做板模，放假回部落就邀我一起打獵。

他的獵區沿著支亞干溪擴散到Sipaw，我們稱對岸的地方。這裡屬游擊戰，戴上頭燈，手拿獵槍，沿著溪流上下追蹤獵物。我們在闃黑的深夜，用頭燈掃過，倏地看見冒出的雙眼火光拔腿就跑。我忘不了第一次追山羌，「跑啊Apyang！」腳底肉忘記尖銳的石頭，雨鞋變成軍靴，Kang、Kang在河床上結實地敲。奔跑的速度令我吃驚，我以為自己適合平地和PU跑道，沒想到在凹凸不平、布滿大小石頭的路上，跑得如此酣暢。

我們常常沿著溪水走到盡頭，毫無收穫的時候，大哥問我要不要過河走對岸。每一次的詢問都像祈求，打獵是一種迷戀的執著，打到一隻飛鼠，不夠，至少再一隻果子狸或猴子吧；打到一隻小山羌，不夠，至少再一隻水鹿或山羊吧。最終打到一隻肥山豬，這條路才算圓滿。

「好啊！」我們手拉著手，相互抵擋河水的衝擊，用頭燈探照水花散開的流速，用雙腳交疊成一個百來斤的巨石；我們像機器人，再凶猛的河水都能劃開，像摩西領以色列人走海尋樂園。

月光下的支亞干溪，有我們一起奔跑的腳印，還有很多裝進竹簍裡，等待呼吸聲散去，那些祖靈給我們的禮物。

一段時間過去，大哥再也沒打電話給我，期待半夜的電話聲再也沒響過。我曾經想過Bhring，是風也是靈力，當一個人的Bhring和你氣味相投，兩人聚合，Bhring是強大的颶風，什麼獵物都能輕易捲進槍口下。但如果Bhring不合，上山都會有危險。我們的Bhring曾經那麼契合，那麼有默契，如今什麼原因搗亂我們的風。

也許他知道我是Hagay，他不再那麼單純以為我牽著他的手，僅是為了做彼此的大腿，一起渡河到對岸找山羊。也許他認為我有淫穢的想法，每一次拉他的手，幻想浪漫月光下，我們隨著溪水擺盪身體，渴求他一槍命中心臟的手臂，打到我頭暈目眩。也許他認為我的Bhring就這麼骯髒……

第二位是住在我家附近，一個七十歲的Baki，他初來找我，溫和地說：「我很老了，背不動了，你幫我背好不好。」我大力點頭，好啊。我們上山幾次，每一次都滿載而歸。

Baki的獵區在Ayug Qicing附近，那裡天空狹窄，一座山壓著一座山，陽光灑不進去，所以我們稱Ayug Qicing，是陽光照不到的地方，也稱清水溪。

清水溪是一條美麗的溪，是部落的水源地，也是大家常去戲水烤肉的地方。從小我就不斷從岩石上往下跳，翻開石頭抓螃蟹，潛到水中用魚叉射魚，卻不知道抬頭望見的綠色山上像迷宮。

我跟著Baki的腳步走進這座雨林，腳底的土石像果凍，踏過去停一會，身體自動向下滑。Baki的雨鞋好像沾黏雙面膠，牢固地踩過這片要崩塌的森林，我很害怕他回頭，笑我走路像跳舞。

第一次進去，走到一半，Baki停下來，問我知道怎麼走回去嗎？我笑著搖頭，「你第一次來這裡，會覺得很遠，多來幾次後就會覺得很近。」他一貫溫和的口氣說。我懂他，他想要我多跟他來山上，但我說不出一聲好，怕哪一天他也發現我的Bhring與眾不同。

Baki在這裡設下好幾門陷阱，抓山羌、山羊和山豬。他挖一個又一個的洞，套索圍圈小心地放進去，另外一端繫在有彈性的九芎頂端，擺置好木板，鋪上腎蕨葉或山蘇葉，掩蓋人的氣味。每隔三到五天，帶著獵狗上山巡邏。

我忘不了第一次抓到山豬，狗軍隊聞到氣味，紛紛衝上去咬一口，一隻咬臉，一隻咬腳，一隻在旁邊叫囂，血跡四散。山豬是被圍困的山大王，逃不出鋼索套住的右前腳，身體一跛一跛地反擊。突然黑色獵狗被山豬咬住嘴巴，嗚咽大叫。Baki走上前，用槍托狠狠地敲擊豬頭，命令獵狗散去後，開一槍命中腦袋。四周沉寂下來，只剩山豬抖動的雙腳，摩擦落葉。

我背起那隻將近五十斤的山豬，姿勢很詭異，前腳和後腳雙雙用繩子綁起來，我穿過他的身體扛起沉重的皮毛，銳利的牙齒在我耳邊，血從嘴巴慢慢流下來，滲透我的背，浸濕我的臀部和內褲。下山很難走，每一步踩穩了才敢往前踏，趁Baki不注意，我和山豬一起自拍，他的舌頭下垂搖擺，好像跟我一起開心地笑。

沒多久，Baki沒再找我上山，這次不因為Bhring，只因為他身體不行了，他的雙腳無法再支撐流血般的山上土石，他把獵區給了自己的孩子，我卻從沒看過他帶著獵槍和獵狗進去。

第三位就是舅舅，他的獵場遍布整個部落，從林道二十多K延伸到對岸，四處都有他的專屬領域。我跟著他一起上去Ulay，一處野溪溫泉，整條路程來回六小時，我們不斷涉水，褲腳乾了又濕，他索性把褲管捲起來，露出結實雙腿。舅舅的肌肉全數集中在那裡，發達的小腿肚鼓譟得像一座山，令人羨慕。

「你知道嗎Apyang，我真的很喜歡爬山。」某次我們爬行數小時後，他突然回頭跟我說這句話，一字一句刻印在心裡。他喜歡山，喜歡打獵，跟我一樣迷戀山上的一切，迷戀老人家取的地名和那些山上人寫下的歷史。他開心地說這裡叫「工寮沼澤」，那裡是「混濁的溪」和「背起Watan」，Watan跌斷腿，大家輪流背他下山，因此命名。

這一切，我都打從心底，瘋狂地喜歡……

我在臉書出櫃前，舅舅帶我走過一條自己開發的獵徑，那裡位於山腰，入口處一條緊鄰懸崖的小路，他用樟木搭建小橋，用石頭堆起崩落的邊坡。他扛起土製獵槍在肩上，差不多一米五，像周星馳在沙漠扛金箍棒，回頭笑著介紹自己的豐功偉業，那樣帥氣。

「**過段時間，這條路給你管理。**」舅舅說。

那一天，我開心地騎機車下山，每繞過一個轉彎，心情都在旋轉，機車都在微笑。我要有獵場了，一座自己的獵場了。

出櫃後數個月，舅舅沒再提起這事，直到現在他坐在我的身後，顛簸著一起上山。

舅舅的話一樣很多，飛快地說這塊地是誰的，這座工寮是哪個老人家的，現在沒人工作，等著被雜草吃掉……我想開口問我的獵場呢？卻又想起前些日子，表妹跟我說的話：「**我爸知道你喜歡男生，他說很生氣，他要來罵你……**」怎麼舅舅開口盡是其他人的歷史，我只想知道自己的歷史，只想知道你罵完我後，到底還讓不讓獵場給我……

12K把機車停下來，舅舅帶我們走進一座柳杉林，深褐色的樹皮，像我被太陽曬黑的雙頰，筆直粗壯的樹幹，像舅舅隆起的小腿。他敏捷踩過久未砍草的路，找到日本人過去伐木時留下的軌道遺跡，學員們紛紛稱奇，原來山上還有這些地方。我已然不驚訝於舅舅豐富的山林知識，他從小跟紋面老人一起穿梭森林，我只想要你也帶我，我只想要你也給我一座獵場，讓我有紋面的感覺……

兩個小時後課程結束，我載著舅舅回到辦公室，拿出領據給他簽名，叮囑他不要寫錯位置，他潦草簽完，講師費遞過去，他收進口袋說謝謝啦，「舅舅，下次……下次，再開課讓你來教好嗎？」我小聲地問他。

「我的Bhring沒問題，我們一起走過溪流，走過高山，一百公尺到一千兩百公尺，我們打過很多獵物，有飛鼠、黃鼠狼、白鼻心、猴子、山羌、山羊和水鹿。我們沒有一次受傷，如果Bhring有問題，我們早就跌落懸崖，斷一隻腿變成地名。我喜歡男生沒問題，我騎車載你沒問題，我拉你的手一起過河沒問題，你的Bhring不會讓我勃起，不會有亂七八糟的想法，因為我跟你一樣，真的很喜歡山啊。」

舅舅說好，機車避震器記得修，關上門離開。

本文獲二〇二〇年台灣原住民族文學獎散文組佳作

支亞干大道

山腳下筆直的支亞干大道連接房子和房子，
從第一至十二鄰，將近三公里，Kari是言語之意，
讀起來像「咖哩」，處處咖哩，
支配人怎麼在支亞干大道更像一個原住民，
驅使自己思考屬於支亞干的哪一個位置。

我的Amiq大姊大

Amiq是我小時候最好的朋友，她的皮膚有一層淺淺的黝黑色，兩顆眼睛圓圓地微微分開，發呆的時候像一隻青蛙。她最喜歡的事情是下雨過後吆喝大家找蝸牛，賣給阿姨賺零用錢。

Amiq很像哆啦A夢裡的技安，名符其實的支亞干部落第五組[1]的孩子王，在那個女生比男生力氣還大的年代，她用巴掌和飛踢征服第五組所有的小孩，登上一九八三到一九八八出生階段的孩童王座。我一直很喜歡跟Amiq玩，因為她集合了各種自由、叛逆與整合的氣質。

相對於公務員家庭的我，媽媽每天認真檢查回家作業，拿著尺在書桌前看我的國

1 日治時期部落的行政分區，類似現在鄰里分區。

字是不是寫歪，上完教會得一字不漏地背誦經文；爸爸回家就用字正腔圓的國語教訓我們，醉酒後，學著過往部隊長官的外省腔，「起立、立正、敬禮……」六個小孩，六個阿兵哥，我們有規律的生活作息，不能當部落裡的野孩子。

Amiq的父母很早離開部落，跟著Payi和Baki一起生活，說一口流利的太魯閣語，我羨慕她口袋總是有爸媽寄來的零用錢，不像我媽把三餐料理好，很少有機會給我們硬幣去雜貨店血拚。我羨慕Amiq總是到處玩耍，不用在意玩扮家家酒時，在野地裡烤地瓜弄髒衣服，若是我滿身泥土回家，不是站壁就是挨水管。

除此之外，我更羨慕Amiq的「整合」能力。

小的時候，部落裡很多老人不會說國語，我們也不會說族語，老人好像一種奇特的鬼魂，跟我們這些小鬼活在平行時空。偏偏他們又喜歡「堵」小孩，只要遇見，就得乖乖接受盤問：「Manu hangang su」、「Ima Tama Bubu su?」、「Mnsa inu ka Tama Bubu su?」[2]……

好幾次我聽不懂，敷衍地擠出「Iq、Iq、Kiya、Kiya」[3]，一旦識破我的爛族語，「Aji Truku ka isu（你不是太魯閣族）。」老鬼們狠狠地落下這句，好像我應該下地獄，不配活在部落，我心裡油然升起一種考試沒有六十分的挫敗感，但我從來沒有上過課呀，你罵我幹麼！

Amiq是那種少數的族語學霸，有能力來回穿梭兩種語言的小孩子，她優游自在地橫走兩個國度，整合斷裂的時代並從中獲利。她帶領我們走進玉米田冒險，踩斷好幾根玉米後，Payi拿著鐮刀瘋狂追趕，Amiq頂著頭罵：「Pipi, Usa da（幹，滾開啦！）」我幻想能跟著罵上幾句，一定很帥氣。

她用熟練的族語跟雜貨店老闆抬槓，天花亂墜講奶奶前幾天採花生，問老闆要不要收購，我們則按照事前排練的劇本，在Amiq的掩護下，順利地塞糖果進口袋。

我實在太喜歡Amiq，她是一座頑強的橋梁，跨越洶湧的溪水，連接兩座截然不同的山頭，在我幼年的成長期替我擋子彈，抵禦那些老鬼的蔑視。

長大以後，我回頭問爸媽為什麼不跟我講族語，媽媽說你怪我幹麼？我們小時候去學校講族語要掛狗牌；爸爸說你怪我幹麼？我以前當兵說族語，被士官長賞巴掌罵

2　就是那種稀鬆平常的問候語：你叫什麼名字？你爸媽是誰？你爸媽去哪裡？
3　最常使用的太魯閣語：對、對、對、是、是、是。

妖言惑眾。我究竟要怪誰？誰要給我重新上課，讓我考族語及格六十分，誰要補償我缺失的那一塊？

在台北混盪十年，太魯閣語離我越來越遠，我在高樓大廈和規畫完善的人行道上，藏匿自己還是一個太魯閣族的身分。每次同儕問我語言或文化的相關問題，喉嚨就像菸抽太多，乾澀噤口，事後打電話回家求救，那樣來回問答，尷尬又好笑的狀況，不禁問自己究竟在忙什麼。

撰寫論文的期間，大量訪談部落耆老，深深的焦慮感重新回到肉體，訪談的過程總是痛苦又迷亂，老人想要跟我說更多，但了解的國字有限；我也想問老人更多，吐出的族語又少得可憐。好不容易聽懂的單字，又得暗自揣測到底有沒有十足正確的把握。

好幾次的訪談，讓我感覺像外婆去看醫生的場景，醫生問哪裡痛，外婆安靜地指著肚子的某個部位，「喔，應該是肝。」除了這種簡單的問答，他們無法更深入探討外婆的身體究竟發生了什麼，「乖乖吃藥就會好。」醫生最後總是這樣說，外婆也從不需知道藥丸裡面有什麼成分，如果真能痊癒，也給我來一顆拯救族語的藥丸吧。

回部落生活數年，參與社區發展協會的工作，我跟著一群夥伴四處訪談耆老，舉辦各種活動，族語奇妙地一點一滴回來，像高燒打點滴後慢慢痊癒，這次聽不懂的單字，有意識地記在心裡，下次再聽到，興奮地竊喜自己把這個單字記起來。爸媽知道我想學族語，一改過去的家庭教育，盡量用族語跟我溝通。

某次，我和哥哥大打出手，兩人激烈地從客廳打到前庭，隔壁的Payi聽到轟鬧聲，跑來勸說兄弟不該吵架，我失去理智地說不關你的事，我倆停手後，各自占據院子的兩端不斷咆哮，指責對方的不是，直到太陽下山。

事後，我窩在房間裡冷靜悸動的心，回想那些惡毒又尖酸的言語，一方面後悔自己衝動的個性和手腳，另一方面陷入深深的滿足感，我竟然毫無深思熟慮，開口成章講滿太魯閣語，清晰又有邏輯地不間斷理論。

突然，我想起Amiq，她像鬼魂一樣帶我進出、縫補、沾黏兩個世界。我，根本Amiq啊。

哀家攻投

廣播的聲音從窗戶外沉重地流進來：「各位親愛的村民晚安，晚上六點半至八點，村辦公室舉辦部落會議主席選舉，請村民攜帶身分證印章來投票……」

廣播的聲音是陷入流沙的雙腳，我在冬天的晚上涉溪，雙腳的皮膚包覆兩層紋理，第一層是柔軟的襪子，第二層是有韌性的塑膠，很快地會有第三層，踏入溪水中，溫度是第三層紋理首要的觸覺感知，刺痛的冰涼從末梢神經逐步往上延伸，腳底、腳趾頭、腳踝然後小腿肚。猛烈的水勢混合土砂從雨鞋上端沿口傾倒而下，迅速裝滿一雙雨鞋，我濃密的腿毛浸泡在灌鉛雨鞋中飛舞，抬起腳往前，一步一步好艱難。

從中午開始我就窩在房間組裝室友從網拍買的大書櫃，上層九格下層四木門，立起來像一堵黑牆。室友愛書也愛買書，聲稱每一本書都應該有自己的位置，他的書買了多年保存狀況依舊良好，彷彿沒有翻過一般。書衣、書皮、書腰，甚至那種簽書會小廣告和出版社購書特價的小單張，悉數安分夾在書裡面，每本書按長寬高排列站在書櫃的夾層中，如他說，每一本書都有自己的位置。

他第一次進來我的房間是我想要他，他再次進來是這個房間也要他，他的花襯衫、他貼了白雪公主的Mac和他看不慣我藏書的櫃子，全部成為我房間的一部分。我的書也多，但為了節省空間一本一本水平疊起來，有時候他帶書來，可憐地落到水平疊放散落各處的下場。為了讓這裡更像我們的地方，我要室友也幫我買書櫃，我冒著大汗一個人慢慢地組裝，從中午到傍晚。

「組裝書櫃」變成我的第一任務，更是推託所有事情的藉口，我恐懼下樓，恐懼走到廚房找食物，害怕Tama和Bubu把我攔下，要我好好地幫忙Tama選舉。幾天前叔叔從側門走進廚房，勸說Tama競選部落會議主席，他接獲這個喜訊整個人活起來。

公務員退休的Tama懷念擔任村幹事期間的聰明幹練，什麼案子到他手裡都能用最快的速度順利達成。公務人員和政治人物在部落裡有一種無形的地位，他們像是帥氣的領航員，駕駛這條方舟開往想去的地方，這邊要修農路，那邊要蓋水泥橋，這個人可以申請農保證明，那個人可以進鄉公所當約僱人員。即使部落會議主席當前仍是無給職工作，Tama依舊盼望一番抱負和才氣有伸展空間。

這個部落裡幾乎每個家都有一個半開放並隨時歡迎客人的空間，我的好兄弟Lbak家是門外輕鋼架鐵皮搭建的前庭，協會理事長家是後院烤火的小工寮，我家下面的雜貨店是門口擺了小彈珠，鐵皮屋頂向外延伸不到半公尺的遮蔭下。偏偏我家是廚房，偏偏我是無法耐餓的男人。

接連幾天，許多村民相聚在廚房，Bubu準備滿桌食物：燒酒雞、龍葵、水蓮、玉米和地瓜……好幾次Bubu要我下來一起吃，我的藉口從下午要去田裡必須午睡、趕協會計畫書、寫稿，到今天是組裝書櫃。肚子捱到下午一點，躡手躡腳地下樓走進廚房，裡面沒有其他人，只剩Bubu洗碗盤，她像往常一樣問我要吃什麼，熟練地轉開那個我老是點不成火的瓦斯爐，好一段時間，廚房只剩鍋裡沸騰的水聲和坐在餐桌旁沉默等待的我。

「你要支持你爸爸選舉。」果然避不開，早知道多買幾包泡麵放在房間。

「我想要投給Cihung（化名）。」那離經叛道的話終於從我這張爛嘴說出。

「你不要對爸爸有偏見，爸爸以前當公務人員真的很厲害，很會做事，人家也喜歡他。」媽媽說這話的時候好像忘記他每次用我的割草機，老是搞錯汽油機油的比例。

「那他知道部落會議主席是什麼嗎？還是他這兩天才開始慢慢了解。」

「也沒關係啊，他當上就會了解啦。」多麼充滿愛的告白。

「媽媽啊，選舉不是家族企業，如果每個選上的人都是因為家族多、親戚多，那他當選以後，用的人是不是都是自己的親戚和朋友，這個部落怎麼會進步，我想投給Cihung是因為我了解他，他在我心中是最適合的人選。」

「隨便你，但你不准出去外面告訴別人沒有投給爸爸，這樣子很不好。」

「我要去裝櫃子了。」

這樣子很不好，這樣子很不好，這樣子很不好，這句話像村長廣播的聲音一樣把我困在河中央。自家人不支持自家人是我們的禁忌，是Gaya，是無形的束縛和壓力，當其他人知道Tama的兒子投給Cihung，連帶地會破壞其他人對Tama塑造的選舉形象，那也是Gaya。

晚上八點，我騎著腳踏車去村辦公室，Tama和一群村民坐在紅色塑膠椅上聊天，喚了聲爸爸後逕自走進去投票，交出身分證和印章給登記的鄰長，他在名冊上找了好久才確認我的漢名，平時大家只知道我叫Apyang。

我用最快的速度蓋下章走出門，「**爸，我回去了！**」這個晚上我唯一跟Tama說的話。

九點多，我依照室友的規矩，按長寬高一一把書擺進書櫃中，樓下不斷傳出Tama酒醉後的吼叫聲，「**爸爸輸在這個家，爸爸真的好難過……**」一遍又一遍。我也好痛好痛，這個偌大的書櫃像是我們家，哪裡才是我這本書該放置的正確位置。

梅花

王美花、林梅花、張美花、黃梅花……Tama那個年代，部落裡很常出現的漢語名字，通常這些阿姨們的族語名字都會被篡改，不管原來她們叫Rubiq、Sayun、Uhay還是Aki，最後都會變成ㄇㄟ ㄏㄨㄚˊ，美花和梅花也許太好讀，或者對太魯閣族有致命吸引力，硬生生地「太漢融合」，三聲改成一聲，一聲改成四聲，重音一樣太魯閣腔調倒數第二個音節，用羅馬拼音比較適合讀，Meyhua、Meyhua、Meyhua這樣喊，這樣叫，緊接著很快沒人記得阿姨們一開始真正的族名了。

眾多的Meyhua住在支亞干，大家為了辨識她們，述說的時候會加上附註，如「第一鄰的Meyhua」、「Uking的Meyhua」[1]、「黃家的Meyhua」、「騎電動車的

1 Uking，太魯閣族男性名稱，Uking的Meyhua通常指Uking的老婆Meyhua。

Meyhua」、「愛打小孩的Meyhua」……

愛打小孩的Meyhua住在我們家下面，下面是順著地勢稱呼，漢人會說就是你家左邊數來第二個房子，但我們說下面，因為馬路不是平的，順著支亞干溪河階地形下降，從西至東，從北至南，我家在Mehua家的上面的上面，Meyhua在我家下面的下面。

Meyhua的Bubu過世後，留下一棟老房子，房子是部落第二代建築。老人家說第一代是竹子茅草搭建，第二代是基座少量水泥，木造結構加頂上灰瓦片，第三代全水泥平屋頂洋房，外加鐵皮無限延伸加蓋，第四代就琳琅滿目難以定義，像部落入口處那棟蓋起來像醫院的房子，立面五開間，二樓五個窗洞，水泥牆面鑲上灰色大理石，入口牆上兩顆正圓形鵝黃色大燈泡，晚上看過去，差點以為是靈骨塔。

二代房子令我懷念，自孩提有記憶以來，我就住在二代房子中，灰瓦片斜屋頂，走出門口有前廊，暗紅色圓形木柱筆直插在水泥地板上，我記得有六枝，我和哥哥像玉米一樣，手拖著木柱不停旋轉，好像把玉米粒脫出梗的動作，雙手不斷搓揉旋轉，玉米一顆一顆灑落，我們也轉到頭暈目眩飛出去，倒在地板上哈哈大笑。房子裡唯有兩個隔間，一間爸媽睡，一間塞了一個雙層兒童床，鑽進去伸手不見五指。其他全部是開放空間：廚房、客廳兼睡覺、兼被爸媽教訓的地方。

Meyhua年輕的時候長得很像六十、七十年代的豔星，一頭波浪大捲髮，五官精緻漂亮，但身材因為務農的關係略顯壯碩，手臂尤其粗大有力，腰際卻還是細細的，她嘴裡不時咬著檳榔，隨地噗一口，紅色鮮血噴滿地，天然無化學色素口紅。她的眼神很銳利，騎著機車呼嘯而過，部落的小朋友紛紛鳥獸散，不敢多看她一眼，每個人心中謹記著「愛打小孩的Meyhua」。

Meyhua愛打小孩的事蹟數也數不清，奇怪的是，即使那麼多小孩挨過揍，她也從來沒因為這事上派出所，也許打小孩在我們那個年代稀鬆平常，或者部落裡總有自己解決的方法。

有一個下午，我們一夥小朋友在下面的房子玩玻璃彈珠，這個房子也是二代建築，原來是我們家族的Payi Asi居住。家族的定義很簡單，Payi Asi往上數第三代，可以和我Tama往上數第四代的Baki連在一起，同一個血緣蜘蛛網就是家族。我實在記不住漢人的親屬稱謂規則，反正Payi、Payi這樣叫，Payi死掉了後，孤單的房子和偌大的庭院變成小孩們的專屬遊樂場。

玻璃彈珠的規則很簡單，在泥土上挖一個坑擺上好幾顆彈珠，大概三步遠畫一條線，誰先將坑裡彈珠彈出最多就贏了。玩著玩著，彈珠衝到下面Meyhua的家，遊戲起勁的時候沒人記得「愛打小孩的Meyhua」這回事，等我們意識過來，Meyhua已經出現在我們眼前，像山上的赤楊木一樣巨大，接近傍晚的陽光在她的後方，影子大到籠罩所有驚恐的小孩，她手裡拿一根不知哪裡找來的竹掃把，猛力一揮，哥哥和弟弟被她擊中肩膀往旁邊飛，我嚇得連怎麼哭都忘記。

「誰叫你們跑到我家玩。」

「……」所有小孩瞪大眼睛低頭看著赤楊樹的影子。

「沒有禮貌，你這個Utas（男性生殖器）都在亂打炮。」Meyhua用直挺挺的掃把頂著我的下體，粗暴地說。

「……」我驚恐的同時想著她哪裡學來這麼厲害的話。

這個記憶堪稱我小時候的部落恐怖傳說第一名。我們發現Meyhua有一個極為明確的點，那就是Ayus（邊界），每個人都有自己的領域邊界，太魯閣族都如此，邊界內的事物必須清楚掌控，不容外人在不經允許的狀況下進入或干涉。比方我曾外祖父因為有人弄壞家中水管，直接用弓箭射擊侵入者的肩膀，又如我家上面的Baki跟我説過，他打算在自己的私人獵徑埋下機關，敢闖進來的人就跌進去被尖鋭的竹子插死。

Ayus是邊界，同時也是手掌上指紋的意思，每個人的指紋長得不一樣，每個人的Ayus也不同，惱人的是，我們都必須熟悉這個巨大部落裡每一個人的Ayus，以免誤踩地雷。

Meyhua的家有一條清楚的邊界，這個邊界包含院子外用空心磚疊出來的灰色牆壁，牆邊種植各種顏色的花和木瓜樹，甚至也包含房屋基地向外延伸的馬路。

有件事情也令我印象深刻，故事並非親身經歷，轉述自我那喜歡流連支亞干大道上卡拉OK的弟弟。有一次，我家上面一個媽媽帶著小女孩去Meyhua家下面雜貨店買東西，媽媽還在店裡物色商品時，小女孩尿急跑到上面，恰恰好就在Meyhua家正前方的馬路上，脫了裙子和內褲，雙腳蹲下尿尿。故事的版本有很多，我弟的版本是妹妹還沒尿完，Meyhua像狗一樣快速衝出房子，提起粗壯的大腿踢過去，命中小妹妹的屁股，女孩在支亞干大道上滾了幾圈，連著尿水灑成一片雲的形狀，她大聲坐在地上哀號哭泣，媽媽趕忙從商店走出來，直接一巴掌打向Meyhua，Meyhua挨了巴掌用拳頭回擊，兩個女人互拉頭髮糾結在夏日陽光的街道上，最後Meyhua占了下風，敵不過死命保護雛雞的瘋狂母雞，兀自坐在路邊哭泣，好像沒有對象，又好像有對象地大聲哭喊。

「這是我的家呢，幹什麼來這邊尿尿大便，這不是廁所呢，這是我的家呢，髒死了，臭Pipi（女性生殖器官）……」

高中畢業後，我離開支亞干十年，在台北念書工作，再一次回來部落生活，發現Meyhua變得跟以前很不一樣，她的五官淪陷在河水裡，乾乾癟癟，不再深刻立挺，眼睛雖然一樣，卻少了過往的銳利，更多的時候，反而顯得不安和可憐，粗壯的身形逐漸縮小，手臂大腿好像抽脂一樣變成小鳥的腳。

Bubu說她離婚了，原因是重度躁鬱外加癲癇，老公受不了她三不五時發作和情緒暴走，她孤身一人住在我家的下面，但不在二代老房子裡面，而是用木頭和鐵皮在房屋右側，加蓋一個臨時的小房間。Bubu補充房子給Meyhua的哥哥繼承，她哥哥不住支亞干，卻不願她搬進房子裡住，非要她在旁邊蓋了跟我家廁所一樣大小，看起來像貧民窟一樣的地方住。

Meyhua家的後院，房子的對面，有她自己的小農地，小黃瓜、木瓜、南瓜、樹薯、鵝菜、佛手瓜、地瓜、芋頭、香蕉樹……自己種自己吃，有一段時間她也養雞，最後被不住家裡的哥哥制止，原因是他不喜歡雞屎味……Meyhua的個性有時像春天多變的天氣，偶爾暖暖陽光，偶爾下雨濕冷好幾天，平常看到我們會微笑叫著少爺少爺，如果沒有即時回應她的熱切，隨即變臉，大聲咒罵：「**沒有禮貌，都不理人，你最厲害啦。**」

過了一段時間，我開始務農和養雞，Meyhua主動來家裡說她的香蕉太多，要我們拿一些過去餵雞。我跟著她到田裡，她指著高大的香蕉樹，一整串肥美的芭蕉，靠近底端的已經轉淡黃，有些還被果蠅咬出痕跡，Meyhua要我用鐮刀慢慢砍，我聽不太懂她的意思，原先慢慢用鐮刀劃開香蕉樹幹，汁液像河水溢出來，但實在太緩慢，耐不住性子的我用力劃下去，整顆香蕉樹瞬間倒下，一半的香蕉壓在地上被擠爛，其他散落泥土上。

「**看吧，我就叫你慢慢砍，不是這樣，你要慢慢地砍，樹快倒下來，你再把香蕉**

拿下來。好可惜呢。」

「喔。」我納悶地回應。

「把這些全部撿起來，還是可以餵雞，不要浪費，可惜呢⋯⋯」我聽她的話把香蕉全部裝進麻布袋，扛著沉重的香蕉回家。

Tama和Bubu看我一個人做農太辛苦，商討要找Meyhua來當幫手，Bubu興奮地說Meyhua很厲害，什麼都會種，這對於新手農夫的我，自然是很好的決定。隔天Tama和Bubu帶了Meyhua去田裡幫我整理那糟糕的玉米田，因為人手不足，已經快長到膝蓋的玉米都還沒疏苗和鋤草。Meyhua的動作俐落，很像在跳街舞，拿著香蕉刀快速地清理一株又一株，她勤快地跟我蹲在一起，邊告訴我有些可以留兩株，這樣一個死了還有一個，我們都這樣種。

工作沒有多久，癲癇找上她，身體猛地倒下來，雙手雙腳像迴紋針打結，手指頭變成雞爪一樣瘋狂顫抖，嘴裡吐出白沫，眼睛翻白，我們三個人緊張得不知道是要CPR還是把沾滿鬼針草的工作手套塞進她嘴巴，Tama回過神衝回家裡打119，等他再次回到田裡，Meyhua已經像沒事一樣的手舞足蹈地唱起歌了⋯⋯那天晚上，Bubu和

Tama決議還是不請Meyhua來幫忙了。

有一天早上，我在廚房裡殺雞。Meyhua走進院子跟Bubu要五十塊買一瓶米酒，Bubu趕著出門，不耐煩地應付她，Meyhua看我在殺雞，先是在一旁觀察，後來主動雙手伸過來洗水槽幫忙，殺過二十幾隻雞的我以為手藝已經精湛，但她搶著說話告訴我該怎麼處理，開水燒到冒泡前必須關火，雞浸泡熱水不用三十秒，羽毛順著拔不會破皮，脖子和雞頭的汗毛拔不乾淨就用火槍去噴。

我很常這樣，很多農活自己做的時候明明順手，有老人家在一旁就開始緊張，害怕沒做好會被笑被糾正，這次也一樣，火槍噴的時候，停留太久，雞皮上出現燒燙傷的圓形圈圈，Meyhua接手說我來，火焰快速掃過皮膚，沒多久噴出一身漂亮的黃金雞皮。接著我用刀子劃開雞屁股，手伸進去把內臟挖出來，我很喜歡這個動作，可以感受雞身體裡面熱熱的溫度，肝臟、心臟、膽囊、胃、腸子……全部一股氣拉出來的那一刻，好像畫家完成大作的最後一筆。通常部落人吃雞，都希望內臟完整保存，太用力拉，容易弄破。Mrmum是肝臟也是勇氣，尤其勇氣不能弄破，現殺的勇氣加鹽巴生吃，人都可以變大膽。

我自信地完成這個步驟，Meyhua冷冷地說：「你還有一個東西沒有拿出來。」她的手再次從破口進出雞，翻攪一下，拉出了粉紅色的肺。「這個大家不會吃。」我像搗年糕一樣的杵拚命點頭。

「這樣子可以了，你養的雞很漂亮，有些人養的雞看起來胖胖的，羽毛拔光光，結果前面都瘦瘦，你養得很好。」

「謝謝你呢。」

「沒什麼啦，這個還是兩個人做比較快，少爺你身上有五十塊嗎？我去下面買一瓶米酒，我們一起喝。」

「阿姨我不用，你喝就好，等下我還要開車去送雞。」

「去哪裡送？」

「要去光復呢。」

「喔，喔，那很遠，不要喝酒開車，現在警察很會抓。」

「五十塊給你，謝謝你。」

Meyhua接過五十塊硬幣，收進口袋裡，哼著我聽不懂的歌走出廚房，從我的眼前由近到遠，她熟練地推開我家的紗門，再熟練地關上，歌聲越來越微弱，身體也越來越小，變成一朵白色小梅花，消失在支亞干大道上。

本文獲二〇一九年台灣原住民族文學獎散文組佳作

Bubu的愛情

Bubu是一個虔誠的耶和華見證人，雖然她跟我一樣愛笑，有深邃的酒窩，但從小善用鐵的教育訓練小孩。我們被Bubu打過的經驗無法數算，她最擅長轉圈揍人，左手拎小孩，右手抓藤條，三百六十度旋轉，邊轉邊揍，華麗又痛苦。

有一次，跟哥哥們在院子嚼牛奶糖，Bubu發現一張掉落在地上的糖果紙，生氣地要我們排排站，棍子一根挨著一根問誰亂丟垃圾。我們三人光顧著玩耍，哪知道一小片紙屑什麼時候飛出手掌心，兩個哥哥眉來眼去，突然一起抬起手指我，很快我就享受一次旋轉馬車，事後他倆說事情總要結束，一個人被打總比三個人被打好。

又有一次，鄰居朋友的家新居落成，我們一夥小朋友約好去他家玩，待在二樓的房間玩跑跳遊戲。接近傍晚，一樓傳出點瓦斯煮飯的聲音，朋友露出驚嚇的表情，他媽媽說房子新蓋好，不要讓其他人進來弄髒。我們一群人看著烏黑的雙腳，不敢發出一點動靜，呆呆地看電視直到天暗。

窗邊昏黃的路燈亮起，他媽從樓梯探出頭，大聲地說怎麼你們都在這裡，快回家，全部的人都在找你們。

我摸著支亞干大道回家，遠遠望著我們家，馬路上一團黑影，附近鄰居果真出來找失蹤小孩。Bubu看到我，敏捷地拉著我旋轉跳躍，這次更丟臉，她執意脫下我的褲子，在一群大人面前痛毆我的屁股。揍完後，爸媽要我坐下來吃飯，溫柔地夾菜給我，並喝厲姊姊和哥哥們：「誰再不乖，晚上不回家，就要像揍Apyang一樣揍你們！」我真是挨揍的好典範。

Bubu就是如此，飯前禱告嬉鬧要挨揍，經文沒背好要挨揍，衣服沒曬也挨揍……我小的時候，她與藤條長得一模一樣，藤條上幾條紋路，她凶殘的臉上皺紋也幾條。

我們很少講心事，對於她怎麼從另外一個部落嫁來支亞干，我一點都不知道。直到有一天，我在爸爸擺放整齊的書櫃中，找到一張我爸的照片。

我出生五天前，爸爸就過世了，被大石頭壓爛下半身。

那時我們住在秀林鄉的Tkijig部落。有意識以來，我已經在支亞干呼吸，面對似乎跟母親説好一同不苟言笑的繼父。嘗試問媽媽生父是怎麼樣的人，每一次都片片段段，真拼湊出一個完整的故事時，我已經長大成人了。

兩個弟弟出生後，爸媽年紀越長，對待小孩的方式也不如過往激烈刺激，五弟和六弟生在幸福的年代，看他們盡情和爸媽撒嬌頂嘴，被揍的時候，大膽邁開步伐轉身離開，著實令我羨慕不已。所以關於我媽的愛情故事，很多不是我親耳聽到，是從六弟的嘴巴聽來。

Bubu生長在北邊，秀林鄉的Kdusan部落。國中畢業前，外公原來不想讓她繼續升學，她的兄弟姊妹共五個，最大的舅舅在一次失戀後，酩酊大醉地在家門前的水溝洗澡，洗到忘了從水中爬起來，提早上山種地瓜。媽媽正式成為最大的長女，一肩挑起照顧弟妹的重擔。

她説自己從沒享福過，下課牽牛去山上喝水吃草，放假幫平地人插秧苗賺家用，上山劈柴、下山煮飯更是每日例行工作。外婆對小阿姨和小舅舅特別好，餐桌上有雞腿一定留給他們，Bubu只能看著流口水。

Bubu的功課很好，也想著自己畢業後繼續念書，但外公要留她當幫手，替簡陋的家多賺新台幣。母親拚命哭了好幾天，外婆不忍心，向外公求情，費了好大的力氣才得到允許。母親離開市區去花蓮市念花商夜間部，白天她得上山種玉米和花生，帶牛吃草喝水，放假又得接各種部落附近的農事零工，唯有平常日的夜晚，她得以搭著公車離開部落，短暫地在花蓮市享受學習時光。

高三那年暑假，她跟著部落年輕人去台中梨山種蘋果，當兩個月的暑期農工，中橫搖搖晃晃，Bubu沿路吐不停。他們白天忙採收包裝砍草打藥，晚上聚在工寮烤火聊天。火光中一雙眼睛盯著她，Bubu說以前哪裡懂愛情，看都不敢看，話也不敢聊幾句。父親每次湊過來講話，總被她害羞地躲掉。父親的遺照中，眼睛像我，偏長又深邃。照片是靜止的鏡子，黑白的眼眶有絲微憂鬱，我是不是也如此，我想像他看著母親的眼睛，肯定年輕又帥氣。

暑假結束後，大家下山回到各自生活，Bubu依舊白天工作，晚上讀書，心裡不敢再想山上那雙眼。直到某天放學，父親帥氣出現在校門口，雙腿跨坐野狼125，雙腳支撐著地板，遠遠看到Bubu走來就喚叫她名字。

「你幹麼來啦，很丟臉呢！」Bubu害羞地擠出句子。

「載你回家啊。」

Bubu的回憶中少有對話，大部分都是描述性的字句。當時校門口難得有放學接喜歡的女生回家的人，現在想起來是浪漫平常的事，但過往父母的年代，應該難得又珍貴吧。七十年代的部落，仍舊有許多小孩，由父母嘴巴決定嫁娶，Bubu又是一個任勞任怨、乖巧聽話的女孩，身體緊貼在大男生的背後，她心裡怎麼想，也許是繁重生活中的短暫浪漫或溫暖，我猜她的臉蛋一定和排氣管一樣燙熱。

高中畢業後兩人結婚，一起住在父親的Tkijig部落，Tkijig是磐石的意思，父親的死也和磐石有關。

祖父過世得早，家中無大人，父親的姊妹又早早進都市賺新台幣，只剩下隔壁一個Payi。每次故事說到這裡，我都不知道Payi的親戚怎麼算，反正連得到祖父。

他們的新婚接近兩年就結束，卻夠Bubu回憶好久。她說父親是一個愛笑也愛喝啤酒的男人，他從不跟Bubu吵，都是Bubu自己跟他生悶氣，鬥嘴罵父親，雙手搥父親。父親每次騎著野狼125回家，車子還沒到就大喊老婆老婆，出來接老公下班啊。接著抱我哥在天空旋轉，哥哥笑得合不攏嘴，我心想這兩人的旋轉怎麼天差地遠。

有一次，部落辦卡拉OK比賽，父親大聲地說我要去，Bubu生性怕羞，拉著父親說不要去，大家都在看，我不敢去，很丟臉呢。父親摟著妻子，安撫說沒關係，你不用去看，在家等我，我會帶獎品回來。

Bubu焦慮地等丈夫回來，老婆老婆，我回來了，如往常大張旗鼓，深怕全Tkijig不知道Bubu是他的老婆。母親躡手躡腳地走到門口，看他一肩扛一箱台灣啤酒，老婆我得第一名喔，「那獎品是什麼？」，「就這箱啊！」Bubu沒去現場，也不敢問別人，誰知道是不是獎金去雜貨店換啤酒，總之那天父親喝得很多，抱著她睡得很香。

一九八三年，我出生的那一年，父親過世的那一年，十二月東北季風襲來，下起綿綿細雨，父親如往常和其他部落族人，一起進去清水斷崖的山區採砂金，工作結束後，熱心的父親幫同事一起收拾工具，山上的巨大磐石突然從天而降，下半身壓到扁平。

我看過喪禮的照片，金黃色的絨布擠滿棺材，僅露出父親的臉，他看起來安詳，又像在微笑，如同Bubu描述丈夫的日常景象，他愛笑，看到老人就大叫Pa……yi、Ba……ki，第一個音總是故意拉得很長，他喜歡三不五時逗小孩和老婆，卻從不動怒又溫柔萬千。短暫的時間裡，他是我Bubu難忘的愛情故事，生命中難以割捨的一部分。

十七歲我去Tkijig找父親的墳墓，墳場在面海靠山的一塊斜坡地，上面一顆巨大榕樹，樹根纏繞一座墓碑，文獻上說是過去荷蘭人來這裡採砂金，許多人因水土不服或是被出草而亂葬於此。他們因砂金而死，我父親也因砂金而死，一同埋葬在Tkijig。

我事前沒問Bubu父親的墳墓在哪裡，Bubu那時還無法那麼自在地說她第一個男人，我僅好奇那張黑白遺照中，那張和我一樣帥氣的臉龐，濃密的眉毛和稍薄的嘴唇，那個我血液裡連結的逝去生命，究竟最後靈魂出沒在什麼地方。我翻看一座座墓碑，找到滿頭大汗。

我點了一支菸，斟滿一杯啤酒，用手向土地點三下，要他一起來喝，謝謝他帶給Bubu美好的愛情故事，跟他說雖然沒見面，但我莫名地想他，離開墳場，發動機車，眼淚不自覺地一直往下流。

1號

1號昨天晚上死了，機車自撞小路旁的電線桿，車頭完好，車尾粉碎。車蓋被撬開，裡面淺藍色農用塑膠袋在路燈照耀下，像破掉的玻璃在發光。他整個人飛起來，脊椎撞歪黑黃相間的水泥柱，一點血都沒有流。那條我們部落通往隔壁部落的小路，越夜越少人經過，他躺在馬路上，就像平常一樣，雙眼直瞪縈繞路燈的金龜子和蝙蝠，生命流走的前幾秒，1號心裡想什麼？

某天下午，我在田裡揮動割草機，他默默地竄到我身邊，隔著不遠的距離觀察。我隨著把手左右擺動的眼睛早已瞥見，故意不理會：八成又來「指導」我這個剛務農的研究生。「Apyang，你這樣不行，沒有人這樣割草，你給我好不好，你在跳舞喔……」語氣略帶睥睨，又像說笑話。

1號自國小畢業後，進出大小農地和工廠，只要看到我這個笨蛋在田裡工作，總忍不住身體力行指導我一番。

「**那你教我啊！**」我裝笑臉回應他，脫下沉重的機器，直接放在地上。

「**我來，我來，你去旁邊看。**」他順手接過割草機。

Tama那台割草機，暫且叫小紅吧，畢竟原來一身火紅，操了三年後，表面沾滿灰塵，老舊的小紅。

一直到我懂得怎麼拆換刀片、調配汽機油比例、替換火星塞和清洗濾芯之後，才理解機器罷工八成跟人有關係。我Tama始終不懂正確調出25:1，無鉛汽油和二行程機油比例；始終忘記使用完，該把栓油鈕關起來，直到剩餘的油燃燒殆盡，沉積在裡面的油才不會變質。

說這麼多，只是從現在回頭替自己剛務農的各種行為找合理解套。那時我真的很嫩，割草亂割，小紅亂用，就連鐮刀都不懂得斜角砍的原理。1號會，1號懂，他渾身的肌肉跟身體的經驗無疑是證據。

這一小片土地，種了室友家移種來的紅藜，這種紅藜很特殊，也不知道哪來的品種，一長就頂天立地，高度超越四米。樹莖成精，表面包覆厚厚一層極富彈性的紅色，內層像九芎一樣剛硬。我用牛筋繩揮過，僅刮出淺淺像小刀劃過的傷口，血都不好意思流出來。再用力推，紅藜像太極拳以柔還剛，硬是把機器推回來，腳步倒退，踉蹌尷尬。

就是這番好笑的畫面被1號看在眼裡，他自信接手割草機，把手是他雙手的延伸，輕易割掉圍繞紅藜的鬼針草，劃出的圓形範圍比我還廣。刀片高速逆時針旋轉，手掌從右至左使力，從左至右收力，氣流在規律的控制下，形成優雅的圓刀，植物紛紛齊頭倒地。果然真正懂割草機的男人，真男人1號。

輪到紅藜了，他用牛筋繩的觸角碰觸一下，哇，這個好硬，他的聲音是吃好幾顆生鮮雞肝，小紅都掩蓋不住。1號改變方向，把手從上至下，先把直莖上部柔軟的部分砍掉，接著根部。他推一次，反彈回來，幹，他喊出力量再使勁，整個人倒彈在地上，姿勢太詭異，我差點笑出來。

小紅又罷工了，安靜地躺在旁邊，跟呈現大字型的1號一起。他雙眼直視天空，陽光普照，像平常一樣，好像在看什麼。我靠過去，厚重的酒味搭建一面牆，風吹進去流不出來。時間靜止許久，我只是看著，確定1號胸膛持續起伏，什麼也不做。

幹聲連連，他爬起來啟動小紅沒反應，拆掉火星塞，用螺絲起子刮掉上面生鏽的積碳，嘗試再次啟動，依舊罷工。幹，你都沒有保養，我的機器都很愛護，1號滔滔不絕傳授所有保養小紅的方式，說完天空下起毛毛雨，「Apyang，買一瓶米酒給我。」……

他是1號，我是4號，七歲一起進國小的第一天，老師叫男生一個個站在走廊，按照身高調整隊伍。1號最矮，我第四矮，我們的長度決定六年被命名的號碼。

1號很常不來上課，農忙期，採收生薑和玉米；繳營養午餐費用時，他索性不來學校吃。好不容易來學校，身上也總是髒兮兮，鼻涕永遠洗不乾淨。老師問有誰知道1號怎麼沒來，4號你不是住1號家附近嗎？你知道他去哪裡嗎？我不知道，他幾乎不和我們一起在田裡玩玻璃彈珠和烤地瓜，他是真的在田裡，真的在工作。

有一天，17號在教室跟老師報告：1號晚上躺在路邊，我湊過去叫他，你幹麼睡在馬路？關你屁事，看星星啊！17號拉他，回家了啦，看什麼星星，車子會壓死你。1號猛地爬起來，揮一拳說幹你娘。17號是我們班最高的男生，晚讀加上發育早熟，一起在廁所扶著雞雞放尿的時候，我羨慕他有根大香菇，那時我還是小蚯蚓。
17號是我心裡的真男人，怎麼樣都一定能打贏嬌小的1號。他酒醉了，喝醉的人力氣很大，我就跑走了，17號的演講結束。身材再挺拔高壯，也比不上被酒精灌注後帶來的無窮力量。我還在留戀黑松沙士，1號已經學會維士比和米酒了……
我餵完雞回家的路上，1號在路邊向我招手。Apyang，載我去雜貨店。我還沒說好，他已經跳上後座。車子不平衡，我不敢騎太快。1號些微側身，右邊的屁股比左邊重，那是幾年前在工廠被機器壓傷骨盆的後遺症，他的身體無法站直，走路像中風。
等他買好菸酒從店裡走出來，我說河的對面有一塊地，正想要砍草種香蕉，你可以幫我砍嗎？哪裡？帶我去。他又坐上我的機車，搖搖擺擺前進。沿路上，他的酒氣從後腦襲來，他的靈魂泉源，他骨盆不痛的解藥，他用力工作的興奮劑。
「Apyang，你大學畢業了吧。」他突然開口。
「沒有，我碩士。」砍草技術跟學歷有什麼關係。
「你知道其實我很聰明吧，只是家庭不一樣，家庭不一樣……」他看著天空嘆氣。
「嗯……」我不知道該說什麼。

兩分的地長滿各式各樣的雜草，山腳下熱鬧的雨林。銀合歡、鬼針草、葛藤、小花蔓澤蘭、龍葵、芒草……他看了看說算你一千就好，我在外面割草一天兩千呢，Pro級，同學一場算你便宜。我二話不說掏錢給他，「再買一瓶米酒」，我說好。

茂密的叢林夷為平坦柔軟的土地，我每隔五步種下香蕉苗，三、四個月後成長到膝蓋，嫩綠色的葉子片片垂下，雜草從植株的空隙冒出來。那時，不需要1號的協助，我已經學會怎麼和小紅相處，讓它成為身體的一部分。

1號被發現的時候接近夜晚十點，那人輕拍他的肩膀，呼喚名字。大家早就習以為常，以為1號又在享受酒精帶來的歡愉，享受躺在馬路邊看星星的自由自在。但1號再也醒不來，我在田裡翻土拔草的時候，再也不會有人騎著機車呼嘯而過，大喊Apyang，你在找田鼠喔，Apyang，你好認真，Apyang，買一瓶米酒一起喝啊……

Tumiq的黃瓜山

那一天的開始，陽光會跳舞。

Tumiq喜歡跳舞，各種部落能跳的場合都不錯過，感恩祭跳、村運跳、教會也跳。對她來說，跳舞像勞動，四肢用力舒展開來，揮灑汗水像流星雨，姊妹們和親友的笑聲是興奮劑，越跳越有力。清晨六點多，她爬上藍色小貨車，轉動方向盤，旋轉的動作在太魯閣語中也叫跳舞——Mgriq，她讓車子跟著手掌，一起跳。

貨車從支亞干後街轉到支亞干大街，心情飛揚往山上。Tumiq的工寮位於西林林道5K，被稱作Tmurak的區域，她知道Tmurak是黃瓜，卻不知道老人為什麼用黃瓜命名一整座山腹。工寮興建於民國八十幾年，確切的時間忘記了，總之是那塊接近一甲的地，決定種植Sbiki（檳榔）時。

一大片的傾斜山坡地，她和家人的回憶，像工寮後方祖父與父親手砌的那一排

Qdrux（石牆），一次又一次疊加上去，祖父堆疊石頭，父親也堆疊石頭，丈夫再鋪上水泥，變成牢固的擋土牆。八十年代，水泥變成主要的房屋建材，有水泥好像就相對堅固，有水泥好像就相對長久。

這一塊地盡是如此，一隻手壓著一隻手，累積再累積，祖父來到支亞干，開拓Tmurak，選擇一小片平緩的土地搭建草寮，竹子和芒草撐起小屋頂，工作累的時候就躲在草寮下躲太陽，吃東西或烤火。Tumiq和丈夫拓寬平地，打上水泥，再用木材和輕鋼架，原址改為更堅固的工寮，爸媽在這裡種玉米和花生，她和丈夫在這裡改種檳榔和養雞。

她想著所有事情都是一樣，回憶從來不是凝著在一處的斑點，是一灘流動又群聚的水潭，她的祖父Masang是水，她的父親Tanah是水，她和丈夫Maru也是水，都是檳榔園裡兩處天然的湧泉，從石頭縫中安穩流出。即使颱風或是旱季，水始終不間斷，持續滋潤這片土地和黃瓜區。

祖父和父親使用這塊土地的時候，他們日日爬下陡峭的坡地，從這兩處湧泉提水，澆灌農田，也搬到上面的草寮烹煮地瓜。到了自己和丈夫繼承土地，為了更方便用水，索性將水源地讓給下方的農地主人，重新從上方找尋適合的水源，水管一路拉下來，省去每日提水的辛苦工作。

民國八十幾年，檳榔苗種下去的時候，家裡兩個女兒一起來幫忙，從山頂到山下，滿山的笑鬧聲，拉繩確定小苗排隊整齊，種完檳榔就養雞，一群漫天飛舞的快樂雞。

他們首先在工寮右側旁用木材和輕鋼架，拼貼出養雞的小空間，後來雞越養越多，索性在房子的下風處再搭一間雞寮，最後看雞滿山跑，晚上悉數飛到樹上睡覺，很少回到雞寮裡，就只留下雞籠照顧幼雞，其餘任由他們自在飛。

山上的檳榔和雞，與山下不相同，山下檳榔二到三月採收，山上可以熬到五月，避開盛產期再採收。山下的雞肉鬆軟到像嚼水果軟糖，山上自家的雞肉，結實又彈牙，「**吃過以後就回不去了！**」Tumiq形容自家雞的口味。他們大部分的雞都是自家人吃或分送親友，很少賣出去換新台幣。

想吃雞也不簡單，放山雞像野雞，白天像溪水追不到，得趕在日暮微亮前，趁著雞站立於樹枝上酣睡時，她的丈夫用一個自製獵具，長長的竹子前綁住一條鉤子，不疾不徐地往上延伸，看準雞脖後用力向下扯，喀喀喀喀一隻隻上手。

林道彎彎曲曲，但車子穩定往上爬，她想起還是小朋友的時候，每天走路上來幫爸爸工作，把玉米和花生裝在麻袋背下山，來回就半天。還得從支亞干運到林榮里，沉甸甸的重量，扛在肩上，流汗像洗澡，雙腳踩出十公里的路程，林榮的平地人會收購玉米和花生。那段艱辛走過的路，每每開貨車上山總會想起，現在有路了，有車了，身體的移動便捷很多，但山上的人卻變少了。

她忘不了以前走到半路，會先在一間工寮休息，那是附近鄰居在山上搭建的，說是工寮，更像一個完整的家。以前經過，主人總會要他們坐下來一起吃地瓜和芋頭，聊山上的工作。

現在那間工寮傾頹了，只留下回憶和鳥叫聲。

貨車抵達5K，Tumiq的車子下切一個急陡坡，慢慢地把車開進停車場，她望向工寮上方高大的松樹、茄冬樹、白樺木、楓樹和九芎。當初蓋工寮，她和丈夫四處找苗種下大樹，丈夫說是怕土石滑動，大樹根可以牢牢抓住土地，Tumiq沒想那麼多，只是覺得好看，大樹下的工寮，有舒服的風，有心中對過往老人在山上生活的美麗圖像。

她走過前廊，手摸過柱子，這間工寮興建的時候到底是民國幾年？明明在某條梁柱的後面寫上日期，偏偏日子久了，重新上油漆的時候蓋掉手寫的紀錄，在哪呢？她再次跌入過往的回憶。

柱子立起來的時候，親朋好友都來了，他們殺一頭豬作儀式，爸爸灑一些酒，告訴祖靈保佑他們在山上的工作一切平安，他們還請了部落的牧師來祝禱，大家一起和祖靈飽餐一頓，喧鬧聲言猶在耳。三個女兒小的時候很常跟著一起上山，她們四處跑跳、玩水、烤肉，整座山好似她們的遊戲場，現在她們長大了，各自有工作，也記不清上一次什麼時候跟著來山上了。

一陣詭異的感覺爬上心頭，每天早上只要她接近雞寮，那群潑辣的放山雞就會扯破喉嚨尖叫，踏步過來要食物，怎麼今天異常安靜？她快步走向飼料桶，一具屍體、兩具屍體、三具屍體，她忍住眼眶裡打轉的淚水，繼續往前走，雞脖子被咬出一個大窟窿，眼睛渙散闔不起來，他們的脖子像被折斷的血桐樹枝，流出濃濃的紅色液體。

她繞著整座山用眼睛目睹慘狀，檳榔樹下有，巨石上有，坡坎下有，湧泉旁也有。就在水的旁邊，她看見一隻野狗，舒適地躺在地上，四肢拉得長長的，好像採收檳榔的工人，中午休憩時間偷閒的模樣，她的眼淚再也忍不住，放聲對著野狗大哭起來。小狗無法感受她的悲傷和憤怒，單純的眼睛盯著她，尾巴慢慢搖動對她撒嬌。

她拔腿往工寮跑，插上鑰匙，發動引擎，心裡想著丈夫收藏的獵槍，安放在哪一間櫃子裡，飛快地衝回山下的家。

Iyang的工寮

在山上的工寮聊天，Payi Iyang拿出白色的大罐子，要不要來喝一杯？瓶身口窄腰寬，跟我的身材一致。「你幫我打開，蓋子有點緊。」啵一聲開啟，味道流出來，超級香。

我讀瓶身上的標籤，金門高粱58度。我喝一點好了，把酒瓶傾斜，很客氣地倒出高粱，Payi說不行啦，手掌壓著我的手，使力往下，酒嘩啦啦快半杯。想到還要下山，駛過美麗的產業道路，不敢大意，把剩下的空間裝滿礦泉水，慢慢啜一口，也太好喝了。

「哇，我有點頭暈了。」Payi臉泛出紅色的可愛形狀。

「哈哈，我好像也有點。」

「沒有，你有套水，我喝純的。」她口氣中有一絲驕傲，說出自己和這座工寮的故事……

早上七點，Payi Iyang騎著摩托車，背後載著讀國小的孫女，慢慢地駛往早餐店。冬天的早上有些冷，孫女抱得很緊，穿越太過筆直的支亞干部落大道，年輕人總是不小心開得太快，這條路上發生過幾次意外，她不敢大意，謹慎地騎車。呑吐涼爽的空氣，心想著等等上山工作該準備什麼。買完早餐，送完孫女，她再度坐上機車，駛向正對著他們家的大山，這是她每天的日常。

機車繞進一條蜿蜒抬升的產業道路，入山口旁有一座小高台，日本時期曾是一座遙拜所，過去老人上學前都得爬上階梯，在遙拜所前拜一下，低一下頭，不假裝一下日本警察會揍人。日本人走了以後，她和爸爸Pisaw一起在這裡種橘子樹，那時候她身體還很小，卻因為長期跟著大人務農，早就習慣身體如何適應。

山邊的部落容易下雨，爸爸在果樹林中搭建簡易的Biyi，讓小孩子可以躲進去避雨吃東西。四根較粗的竹子立在地上當柱子，較細的竹子用Qnahur（葛藤）垂直水平交錯固定，綁成四方形屋頂，接著採一些香蕉葉鋪在上面，就是一個可以遮陽避雨的休憩所。Iyang覺得以前的老人好厲害，所有的東西就地取材，她隔著青綠的葉片看雨滴落下，發出清脆的聲音，吃著手裡的香蕉，讓汗從皮膚慢慢蒸發。

香蕉的族語是Blbun，是部落裡常見的作物之一，以前幾乎每一塊農地都會種，現在也是。她想起爸爸以前去田裡工作，常常吃得少，卻做得很多，肚子餓採一些香蕉充飢，又能繼續做上一整天。香蕉常種植在田地的邊緣作為界線，Iyang也是，車子接近自己的工寮，首先映入眼前的就是前幾棵高大的香蕉樹，葉片開張得雄偉漂亮，還不需割葉。接著傳來兩隻狗的吠叫聲，一黑一白的英勇守衛。

Iyang把機車停好，拿飼料餵狗，還塞了昨天家裡吃剩的豬大骨，兩個守衛興奮地跳動，礙於鐵鍊拴住脖子，姿勢彆扭又可愛。這個工寮九〇年代蓋完，那時部落興起種Sruhing（山蘇）的風潮，Sruhing原來是獵人入山行獵時，爬上大樹採摘，臨時充飢的野菜，偶爾帶下山讓家裡的人打牙祭。突然因為大量的市場需求，搖身一變成為部落裡重要的經濟作物，大家搶著種山蘇，平地、台地、山坡地，俯拾即是，替支亞干換上另外一層鮮綠色皮膚。初始種植的時候，每台斤還有八十、九十元，現在低落到三十，過去還有換工能抵銷成本，現在大部分都要新台幣，光是請工人就得花不少錢，所以這片山蘇田都由親友自己來管理。

她的工寮和鄰近的幾處工寮，都因山蘇時代而興建。算一算時間，至少也十幾年了。工寮平行闢建於產業道路旁，是一座長方形的屋子，與山的坡度一同延伸，長屋子區分為幾個空間：前庭、客廳、臥室、廚房、儲藏室和雞寮，每一個空間用牆壁分隔，明確的定義。整個建築採複合式，前庭客廳臥室廚房到儲藏室，請外面的平地人用鋼筋鐵皮施造，擋土牆則是由部落裡的前村長施作；雞寮的區域，則是丈夫使用九芎、木材、竹子、鐵皮、家中拆掉及別人不要的門窗搭建，整體看起來複雜卻又違和。

前庭是一個開放式空間，農具和獵具整齊堆疊、吊掛在兩側的牆上，她看著鐵鑄的升火爐，裡面還有乾掉的炭火。昨夜兒子帶朋友上山烤火聊天，順便小酌幾杯。她很喜歡前院，這裡是家人上山聚集的地方，她喜歡看孫子和姪子們在這裡玩耍，大聲笑鬧。有些孩子從台北回來，最愛吃自己養的雞，大夥宰殺烹煮完，就圍著火爐一起吃。她有兩個孫子很好笑，明明已經是挺拔的國高中生，殺雞的時候卻不敢碰，要他們幫忙抓著雞腳，摸一下就大叫跑走。

前庭也是山蘇包裝的工作區域，冷季的時候，一個禮拜採收一次，熱季的時候一個禮拜採收兩次，從清晨忙到傍晚，中午直接在廚房下廚給工人吃，連續工作的時間，索性夫妻倆睡在工寮，接連好幾夜，山上燈火通明。

Iyang走到儲藏室打開桶子，取出飼料，拿去餵雞，過年後雞剩得不多，有些雞從旁邊的缺口竄到山林裡找蟲吃，夜晚才會回來，站在**Gapa**上睡覺。母雞們很聰明，有些會留在雞寮裡孵蛋，有些跑進森林裡孵蛋，等回家時，已經領著一群小雞了。**Gapa**是太魯閣族傳統屋很常見的建築特色，在牆壁的高處用竹子固定出一個橫版，丈夫搭建工寮時，很自然做了出來，過去老人用來擺放燒柴用的儲藏空間，現在他們讓雞睡覺。

清掃完工寮，她坐在院子裡緩慢地啜飲高粱，聽風在山上吹，她很喜歡來山上，空氣乾淨得像一張白紙，她想起搭建工寮開工的時候，殺了一頭豬作**Powda**，告訴**Utux**即將有新房，希望他們能保佑山上的工作一切順利。長輩們將豬的各個部位切下一點點，一頭全豬的概念，包在葉子，丟到山林，要**Utux**一起來吃，同時他們也請牧師來祝禱。**Iyang**是虔誠的基督徒，對她來說，過去老人們做的儀式其實跟教會一樣，雖然方式不同，但對象都一樣。

她坐得很舒服，山下傳來摩托車的聲音，她探出頭看見是住在附近的Rubiq，她招了手讓人進來，兩人坐著喝酒聊天。沒多久的時間，Rubiq離開去山上砍草，整座工寮剩下她和安靜的山，非農忙的時期，她多了一些閒靜讓身體好好休息。

該下山了，她轉身拿出鑰匙，要把雞寮的門和工寮的大門鎖起來，「嘶……嘶……嘶……」耳邊傳來這熟悉的聲音，一條蛇攀在擋土牆上。她快速掃視，用最快的姿勢拿到捕蛇夾，手掌微微發抖，慢慢地移動手臂往蛇的方向。突然，她把手收回來，整個人退到蛇無法接近的距離。

「你來，工寮這邊一條眼鏡蛇。」她撥了電話給丈夫，一字一句乾淨俐落。

她心中納悶，如果是腐爛蛇[1]還敢抓，毒蛇還是交給丈夫吧，她數算丈夫去巡視水源地還要多久才能抵達，眼睛直視這漂亮的軀體，死命地抓著捕蛇夾，耐心地等待。

1 Quyuh Buraw，爛蛇之意，指臭青母、錦蛇。

愛的豬肉轉圈圈

豬肉是一連串緊密排序的幸福密碼。

紅色條紋四斤袋裝，抬起來手臂微微發痠，原來快樂有重量。那是一種難以形容的感覺，科學難以計算，精神卻得以飽足。好似戒了十天的菸草，重新放回嘴裡吸吮，每一口都是天堂。

密碼得用尖銳的茅開啟，刺穿心臟，兩側各一個窟窿，破洞中流出粉紅色鮮血，Payi興奮地用碗接起來，一瓢一瓢倒進鍋子，歡欣準備熬煮豬血粥。豬叫聲和心跳同時停止，牠的靈魂去找更多的祖靈，一起來到院子吃豬肉，地板上鋪一層彩虹帆布，我心裡覺得好笑，這帆布的顏色和「他們」是一組的。

一對在族語課認識的Couple決定要「殺豬」，儀式前透過臉書私訊幾個好友來參加，約定除了雙方親戚，其餘友人非得兩個當事者認識，不能再邀請其他人。

「殺豬」是太魯閣人的生活大事，原因有兩種：

一種屬消災解厄，獵人在森林中跌斷膝蓋、小孩久病昏迷、家中成員搞外遇都得殺，豬肉作為罪的替代品，透過分食進入每個人的胃裡，一同分擔罪的重量，降低與惡的距離。這類殺豬不大肆宣揚，只有真正的親友能來，畢竟外人也不希望吃到罪惡之肉。

另一種屬於歡樂的殺豬，結婚、當兵退伍、房屋落成、買車等。豬肉轉變為幸福美滿的代名詞，祖靈們從白雲上、綠林裡、溪流中和彩虹橋的那端回到家裡，一同祝福當事者。只要與家中成員沾黏上關係的人都能參與，哪怕只是經過儀式現場的路人，都有可能領到幸福之肉，「人人有獎」。

室友接洽參與殺豬的事宜時，我思忖同性婚姻在部落畢竟不是人人接受，礙於部落廣播系統的高超效率，一人說話全村聆聽，他們才會謹慎地限制參與者。沒一會兒，室友用可愛的大眼睛問我：「他們說缺殺豬的人呢，你要不要幫忙？」我全身熱血衝到手指頭，心想我的刀現在掛在哪裡，它終於又要出任務，我和它實在太愛殺豬了。

儀式當天，早早起來把磨刀石放在砧板上，刀子沾一點水，刀尖來回摩搓，發出悅耳的聲音，「Yaku snaw nii, yaku Truku」（我是男人，我是太魯閣族），我們一起哼那首勇士古調，直到整把刀如星光閃爍才停止。

開著車從台九線南下，沿路風景優美，打開窗戶，風也跟著搖擺，我的刀在後座閉目養神，它是車裡唯一嘉賓。依照友人指示：車子開過教堂、轉進小巷、路邊掛起一枝彩虹旗。也沒多低調啊其實！

赤裸的雙腳踩著帆布，切分豬肉的四方形帆布空間，有一堵隱形的牆，紅色的血液隨著支解的過程流竄，形成巨大的粉紅泡泡，走進其中必須脫鞋，塵土沾染進來會弄髒豬肉，把泡泡搓破。可以進場的人只有執刀的勇士，一、二、三位，各個肚子膨脹但手臂粗壯，標準部落男人樣，我也是其中一個。

先從肚腹劃進一刀，割開乳白色的皮膚和嫩白色的油脂層，把內臟拉扯出來交給婦女烹煮，整隻豬攤開來躺平，從立體變平面，肌理分明，像玫瑰石表面。先切下豬頭和四肢，再來是脊髓，接著勇士們各自低頭處理，每一個部位按照主人指示分數量，通常是雙數，對半好切分，但這對Couple除了帆布要特立獨行，連數量都偏要單數，每下一刀都不斷算數學，怕多切少切，怕大小不一，怕老人質疑我和我的刀憑什麼站在帆布舞台上。

「今天為什麼殺豬？」場上其中一位勇士提問。

「喔，家裡小孩有好工作啦，想說殺豬慶祝，讓路走得更順。」場上另外一位勇士小心地回答。

「果然這殺豬不能開誠布公，我猜除了幾個手指頭數得完的主要親戚，和受邀參加的朋友，其餘的人都無法理解彩虹旗、彩虹帆布和堅持單數的原因。」場上最後一位勇士在心裡自己解答。

漫長的豬肉總算切完，一一裝進四斤袋，唱名點交，收起帆布，沖洗血液，擺上桌椅，放上保力達、水煮內臟及豬血粥。一個年輕妹妹開農用搬運車，崩崩崩進場，車上一台卡拉OK伴唱機，新郎的媽媽換一套誇張華麗的旗袍，繞著圓桌跟大家敬酒。

酒過三巡，各個臉上可愛的紅色形狀。

新郎的弟弟搖搖晃晃地抓起麥克風：「恭喜哥哥結婚，我真的好開心，你和你的老公一定要永遠幸福，我真的好愛你們。」

這個時候，大家不再假裝，Key有沒有對上不重要，酒怎麼套都照喝。豬肉已經帶我們連接祖靈，殺豬的族語是Powda，過渡、通過、走過之意，無論接受不接受，喜歡不喜歡，儀式已然成立。紋面的老人踏著鮮血走回來，在這幸福泡泡裡，跟著我們一起吃豬肉，看著新郎和新郎大聲地笑，大口地喝酒。

喝吧，喝吧，再喝一杯。

告白河壩

我長在打開的樹洞。如果樹洞是一種隱喻（原本就是），我想要揉捏成肉的顏色，像我老婆輕巧卻又柔軟的臀部，像我老婆扁平卻又矗挺的胸膛和乳頭，我打開他的樹洞，永遠住在裡面。

「你結婚了沒？」即使回部落定居超過五年，這個問句不曾終止，訪談Baki和Payi時，倒垃圾時，雜貨店買雲絲頓藍色時。多想回答我結婚了啊，他是男生，他很可愛，他很聰明，他很有才華，他讓我更喜歡住在部落。

河壩沿著支亞干溪闢建，像一堵城牆，包圍部落臨水的那一邊。你說你知道河壩其實是客家人的稱法嗎？還真不知道，我一直以為是外省人，那你知道這條河叫做打開的樹洞嗎？

河床上有數不盡的石頭——Tasil。Tasil曾經住在這裡，從立霧溪遷徙而來的部落。一九二〇年代，他們從北徒步而來，選定河床旁建立家園。舊部落的土地，石頭多到冒出來，打開的樹洞這邊依舊。白雲石、大理石及軟玉，茂盛到將溪流染成綠色、黃色和灰白色，一條從洞穴裡流出的織布。

直到一次大颱風，滾滾泥流翻遍，竹屋裡的三石灶恢復身分，再次登記成河床上的鵝卵石。Tasil最後搬到第九鄰，支亞干早餐店的位置，你每天去學校上班前買的那一家。

肩並肩坐在河壩上的我們，我故意說故事給你聽，炫耀自己在支亞干所學，吸引你再往我的胸口靠攏一些。你的眼睛好美，試探一下是否它會留戀這個版本的我，你在專心聽，是吧？有一點愛上我，對吧？

河壩的對岸叫做Sipaw，山隱蔽在淡藍色天空的覷黑中，壽豐市區的燈火映照出線條，用手指頭描邊，像你柔美的小腿，連接腳背的地方是散開的水花，平緩卻又帶著誘惑，捲動我向下刺水的衝動。

Sipaw看過去很近，走過去卻很遠，我跟一個大哥好幾個晚上在那裡追逐獵物，山羊最多，他們喜歡懸崖。你看得到吧，黑色和藍色交錯的線條是山，只是夜晚看不清，其實很陡峭。

有一次，一隻山羊在河邊喝水，大哥揮手要我把頭燈關掉，蹲坐著膝蓋，上膛，瞄準，開槍，蹦一聲，劃破流水，我們像村運的選手，在河床上賽跑，山羊的血滴落成一條小徑，循著探照燈往前，走進一片樹林。

樹葉透著稀薄夜光，像無數微笑的嘴巴，芒草關閉入口，我們用鐮刀揮砍。越深入就越難走，藤蔓纏繞樹枝，旋轉無數圈。鐮刀拚命砍，削掉半片螞蟻窩，大小螞蟻滿頭爬，雙腳跳舞，大哥光著頭皮說幫我拍掉。

眼前一條叉路，Apyang你往那邊，我走這邊。我慢慢滑動腳步，盡量不發出聲音，探照燈射來射去，是眼睛的爐火，燒過去倏地明亮，又很快熄滅，看到眼睛長血絲，腦壓升高，山羊還是不出來。

我心裡發慌，這次如果沒有收穫，大哥會不會下次就不帶我來，因為我們都相信兩個人如果味道相符，不可能沒有收穫。Bhring是獵人的靈力，是人與祖靈交雜的風，彼此獨立卻又與他人接壤，兩個人的風一起捲動，相斥就把獵物吹走，交融則把獵物捲入竹簍裡。

我們的Bhring一定會很合，很有默契。你推我的頭說喜歡去山上，但不想看動物被打死。上山可以很多種，不只是打獵，回來部落定居就是上山的一種，你低頭靜默。

那個畫面令人很難忘，山羊埋在樹叢中，露出一截頭和瞪大的雙眼，他的側臉伏貼在泥土之上，沒露出的身體融化在探照燈和月光照不到的黑暗中，「這裡，在這裡……」大哥趕緊跑過來，卻怎麼找都找不到。沒有血跡，沒有足跡，沒有探照燈掃過反射的雙眼亮光，就是找不到。

大哥說也許跑了，可我知道沒有，樹葉一點聲音都沒有，黑影的形狀依舊是黑影，沒有改變。他老早在那裡，一直在那裡，只是我們的眼睛被蒙蔽。如果早知道那是你，累死我也會把那片小樹林砍伐殆盡，把你的身體挖出來，扛回家裡。

第一眼見到你我就喜歡你了。你說你太容易喜歡人了，你喜歡我哪裡？長得好看？臉書Po的文字很有想法？還是只因為我也想留在花蓮，不想去都市，離你家又近，條件滿足正好做你枕邊人？我不知道怎麼解釋，喜歡不就喜歡，喜歡不就做出來的嗎？……

村校聯運的操場上，我是協會工作人員，你是替代役，我負責在終點拉線，你負責照顧小朋友。我的眼睛沒離開過你，怕你會從擠爆操場的人群中消失，我相信你也在注意我，我們是彼此的獵物和獵人。

你接替一個小朋友跑棒，一雙大長腿跨越二百公尺的圓圈，每次你踏出腳步，突然緊縮的褲子，繃出渾圓的屁股，從起點一直到終點，跑向我的時候，差點雙手擁抱你，我微微地站起來了，這不就是喜歡！

連續幾個晚上，我騎車載你去河壩，一起聊數不完的星星。夏天的夜晚，欣賞你月光下皎潔的雙腿，我要你坐在我前面，雙手環抱著你，偶爾故意手指頭摩擦光裸的小腿。太過分急切就被推走，稍微鬆開卻不願意放開。

剛進國小的前幾天，班上有一個女同學，皮膚黝黑，喜歡大笑，我們還來不及交談，她就被這條溪吞掉了。我常想永遠泡在水裡的滋味是什麼，每一次在水裡游泳，伸展四肢，沒有邊界。

女同學為了救弟弟而溺斃，那時我們太小，不知道如何面對死亡，教室裡沒有半個人哭泣。我只記得升上二年級，看到她弟弟走進一年級教室，臉上跟姊姊一樣總掛著笑容，好像提醒我他姊姊只是回去樹洞裡睡覺，有什麼好悲傷。

救贖大過於悲傷，如果可以這樣死去，這條河是不是就能繼續溫柔地流下去。

回來部落的這幾年，進入社區發展協會，也拿起鋤頭在田裡工作，每一件事情都讓我感受快樂同時又悲傷，我感動於每一件參與的事，那種體驗跟過去很不一樣。我曾經滿足於在都市裡讀的書和做過的工作，卻無法讓我真切地找到歸屬感。像一種快感，卻不持久。你說你懂，你從離開花蓮的那一天就想著回來的這一天。

可等我真正回來部落，每一天累積對支亞干的認識，累積狂喜卻也累積苦痛，我不能做自己，只能說自己沒有錢不能結婚，無法組成家庭；只能說我有一個想像的平地人女朋友，最好她住在台北，阻斷部落人往下探問的嘴巴。

我在暗地裡透過手機軟體找尋發洩，一個又一個讓我快速勃起又消軟的肉體。他們不像獵物，像經過支亞干溪的大卡車，經過時發出轟隆聲響，短暫震動路面後就離開。我是雙面人，活在平行樹洞中，直到遇見你。

你給我勇氣，讓我變強壯。你無懼出櫃，一派輕鬆地跟身邊人說你的性向，那種彈性像水，我也想像水，自在地分享生活。回鄉定居本是舒適而非禁錮，相愛是人的本性，這個部落有太多風花雪月：房間裡的床墊、山上的工寮、水溝旁的草叢、卡拉OK的廁所，學校教室的後面……每一則都讓我稱羨不已。

愛情充斥支亞干，河水懂得吞噬，河水不會排除，我對你的喜愛和性衝動也是如此，悉數包含在流動的支亞干溪裡。

河壩上，我說好多支亞干的故事給你聽，其中有打開的樹洞，這條溪從白石山往東流，水沖到河壩這邊，開口突然擴張，像一張大嘴，像一個洞穴，把我們一起含住，吞嚥在樹洞裡，我們的Bhring形成龍捲風，原地旋轉直到消逝在水波裡。

那一晚，我們接吻擁抱，交換彼此的風。白天的時候，你回傳訊息：「**我們在一起吧！**」

九　歌　文　庫　　1353

我長在打開的樹洞

國家圖書館出版品預行編目（CIP）資料

我長在打開的樹洞／程廷 Apyang Imiq 著. -- 初版. -- 臺北市：九歌，2021.05
面；　公分. --（九歌文庫；1353）
ISBN　978-986-450-342-1（平裝）
863.855　　110003738

作　　者——程廷 Apyang Imiq
責任編輯——張晶惠
創 辦 人——蔡文甫
發 行 人——蔡澤玉
出　　版——九歌出版社有限公司
台北市 105 八德路 3 段 12 巷 57 弄 40 號
電話／02-25776564・傳真／02-25789205
郵政劃撥／0112295-1

九歌文學網　www.chiuko.com.tw

印　　刷——晨捷印製股份有限公司
法律顧問——龍躍天律師・蕭雄淋律師・董安丹律師
初　　版——2021 年 5 月
初版 3 印——2022 年 12 月
定　　價——280 元
書　　號——F1353
I S B N——978-986-450-342-1　（平裝）

本書榮獲 財團法人國家文化藝術基金會 National Culture and Arts Foundation NCAF 創作補助